Un Gato Perverso Para una Ratoncita Dispuesta

Primera edición: marzo de 2026
Publicado por: Autor Independiente G.G Hawthorne
Diseño de portada e interior por: Gelique Hawthorne

Para solicitar permisos, consultar derechos o realizar pedidos al por mayor, póngase en contacto con:
geliqueg.hawthorne@gmail.com

ISBN: 978-969-9193-910

ÍNDICE

A los lectores con una inclinación por los elogios. A los que les encanta quedar boquiabiertos, que les ardan las mejillas y que les tiemblen las piernas mientras se ríen tontamente con una novela romántica picante que no pueden dejar de leer. También a mis compañeros escritores independientes que se atreven a plasmar sus ideas en papel para que el mundo las lea.

Esto es para ustedes.

Y al hombre maravilloso que inspiró cada palabra de este libro, te amo, te quiero y te adoro.

PRÓLOGO

Hace cuatro años...

En el primer día del nuevo curso escolar, un antiguo alumno mejor conocido como 'a punto de ser expulsado por faltas de asistencia y retrasos', Evan Presley, llegó tarde.

De todos los días para quedarse dormido, para mirar aturdido al techo durante un minuto más de lo debido y para quedarse mirando sus pies aún más tiempo. De todos los días para que se acabara el agua caliente, para que su madre lo agobiara y no lo dejara en paz, para que el coche de su padre no quisiera arrancar y finalmente como cereza al pastel, perderse en el campus.

Era su primer día de regreso y ya iba tarde. Evan corrió por el campus con su mochila medio desabrochada colgada de un hombro. El pánico se reflejaba en su rostro y sus pulmones trabajaban a doble tiempo. Se apresuró a atravesar los concurridos grupos de estudiantes en los pasillos. Chocó con algunos y perdió aún más tiempo disculpándose con cada uno de ellos.

El miedo de llegar tarde se le metió en los huesos como una brisa fría. No porque fuera el primer día, sino porque le aterrorizaba volver a pasar por el mismo proceso insoportable.

El año pasado lo devoró vivo. Probatoria académica. Reprobó casi todas las clases. Una reunión con el decano, que era todo menos paciente. Un desliz más y Evan habría sido expulsado para siempre. Sus papás habían luchado con uñas y dientes para convencer a la universidad de que valía la pena darle una oportunidad. No iba a permitir que este día arruinara el resto de su licenciatura.

Había sido un estudiante sobresaliente toda su vida. Hasta los últimos meses del último semestre. Como si no fuera suficiente con que casi lo expulsaran, tuvo que romper su compromiso con su novia del instituto. No era el fin del mundo, pero para Evan, lo parecía.

Cuando llegó al edificio correcto, estaba sudando a mares. Miró su teléfono. Llevaba quince minutos de retraso. Estaba perdido.

¡Mierda, mierda, mierda!

La puerta de la clase de inglés estaba abierta. Entró lo más silenciosamente que pudo, haciéndose invisible. El profesor estaba de espaldas a la clase.

—Bienvenido de nuevo, Presley. Llegas tarde—murmuró el profesor. Con su mirada fija en su escritura, sin levantar nunca el marcador de la pizarra. Como si ya esperara que Evan llegara tarde.

—Lo siento, señor Withers. No volverá a ocurrir.

Todos los asientos de atrás estaban ocupados.

Perfecto.

Se obligó a caminar por el pasillo entre las sillas. Era casi imposible, pero estaba sudando aún más. Odiaba la sensación de que lo juzgaran con la mirada. Vio un asiento libre a mitad de camino.

Ni siquiera se había sentado del todo cuando se detuvo. Fue entonces cuando lo olió.

Suave. Dulce. Afrutado.

Un delicioso aroma a melocotón.

Se sentó con los ojos cerrados. Inhaló el delicado aroma. Abrió los ojos y vio una hermosa melena rubia rojiza que caía por la espalda de la chica sentada delante de él. Ella se echó un mechón hacia atrás y el aroma volvió a envolverle la nariz.

El corazón le latía con fuerza en la garganta.

Era estúpido. Incluso patético. Nunca había visto a esa chica antes. Sin embargo, ese perfume se había convertido sin duda en su nueva obsesión.

La chica se dio la vuelta y Evan se encontró con unos ojos azules helados que le atravesaron el corazón y le dejaron sin aliento. Se le encogió el pecho y, una vez más, empezó a sudar aún más.

—¿Me prestas un lápiz?

Evan se quedó paralizado. Tragó gordo y sintió cómo se le enrojecían las mejillas. Negó con la cabeza y volvió a la realidad. Cogió su mochila y rebuscó en su desordenado interior.

Genial.

De todas las cosas que podía haber olvidado, no tenía ningún lápiz.

—No he traído ninguno...lo siento—dijo con voz un poco quebrada.

—No pasa nada. Se lo pediré a otra persona.

Ella se dio la vuelta y Evan se desplomó en su silla.

Muy bien hecho, Evan.

Quería que la tierra lo tragara y que no lo escupiera de vuelta. La voz del profesor se había convertido en un sonido lejano y confuso en los oídos de Evan. Se había sumergido en sus propios pensamientos, sin prestar atención a lo que sucedía a su alrededor.

Una dulce voz lo trajo de vuelta a la realidad.

—He encontrado dos. Toma, puedes quedarte con este.

La chica que tenía delante le entregó un lápiz. Con una sonrisa tan hermosa que le cortó la respiración.

—G-gracias.

Evan tomó el lápiz con manos temblorosas. Lo cogió tan rápido que ella no pudo ver el efecto que tenía sobre él.

Durante el resto del semestre, Evan se sentó detrás de ella todos los días. Con cada día que pasaba, se daba cuenta de que ella estaba muy lejos de su alcance.

Podría ir al gimnasio y convertirse en uno de esos idiotas que tanto parecían gustarle. Daba igual lo que hiciera. Incluso después de pasar todo un semestre asistiendo a clase con él, Evan estaba seguro de que ella ni siquiera sabía que existía.

Pero él sí que sabía de ella y de ese maldito perfume a melocotón.

CAPÍTULO
Uno

El final del primer semestre del último año.

Presente.

Una taza de chocolate caliente y un maratón de sus películas románticas favoritas, eso era lo que Bethany Harper más necesitaba hoy. Después del día más largo de su vida, los temidos exámenes finales, por fin podía respirar. Una vez que este día terminara, estaría oficialmente libre de profesores gruñones y polvorientos y de exnovios machistas y molestos.

Quizás se tomaría unas merecidas vacaciones en Puerto Rico con Brittney. Su cómplice, su mejor amiga desde la secundaria. Después de que Beth le ofreciera un pedazo de su sándwich de mantequilla de maní y mermelada a la chica de cabello castaño con la que nadie quería hablar. Charlatana y odiosa, como aún seguía siendo. Desde entonces habían sido inseparables. Como cuchara para sopa. Rara vez se las veía una sin la otra.

Largos días calurosos y playas soleadas. Hombres atractivos en cada esquina. Sería la escapada perfecta para ambas. Brittney acababa de romper con su novio de un año, Dustin. Era la relación más larga que había tenido nunca. Sorprendió a todos, incluso a Britt, que estaba acostumbrada a utilizar a los hombres y a dejarlos en cuanto se aburría.

Beth ya se estaba preparando mentalmente para el discurso de "los hombres son basura" que ella le soltaba después de cada ruptura. "Este infierno solo produce degenerados y hombres con egos del tamaño del país. Quizás le dé una oportunidad a las mujeres". Había dicho un par de horas atrás con su marcado acento sureño.

Nada de eso importaba ahora, mientras Beth se sentaba en su lugar favorito del sofá rosa pastel, que había comprado en un mercadillo hacía un año. Envuelta en su cálida y mullida manta y rodeada del aroma del chocolate caliente bien hecho. Películas románticas y una acogedora noche sin estudios. Eso fue hasta que llegó ese mensaje de texto que, sin saberlo, cambiaría su vida.

Britt: ¡Emergencia de moda! ¡Necesito tu ayuda!

Beth abrió la aplicación para leer el mensaje que arruinaría su noche. O eso creía ella.

Beth: Lo siento, ya estoy en pijama a punto de dormir.

Britt: Maldita mentirosa. Sé que ahora mismo debes tener la boca rellena de malvaviscos y una taza de leche caliente o algo así. Lo digo en serio. Tráeme una camiseta.

Enlace de ubicación enviado

Beth soltó un gruñido de fastidio. ¿No podía llamar a otra persona? Hizo clic en el enlace de la ubicación y... ¡Dios mío! Para empeorar las cosas, era la casa de Maisie. Britt había estado hablando mal de esa chica toda la semana. Iba a dar una fiesta en su casa y todo el mundo estaba seguro de que iba a ser un asco. Pero nadie se atrevía a decir nada.

Maisie había roto con su novio por una broma sobre un embarazo falso. Marcus no era muy apegado a ese tipo de bromas y esa había sobrepasado sus límites. Era obvio que ella estaba utilizando la fiesta como excusa para tenerlo lo suficientemente cerca como para que ninguno de los dos tuviera otra opción que hablar.

Si la fiesta iba a ser tan aburrida, ¿por qué estaba allí? Da igual, Beth conduciría hasta allí, le daría la camiseta a Britt y volvería directamente a casa. Un plan sencillo y directo, ¿no?

Pero, ¿qué camiseta podía llevarle? Hacía dos semanas que había lavado la ropa. No le quedaba tiempo entre los exámenes finales y un proyecto monstruoso que le había llevado casi todo el semestre completar. Como era de esperar, Beth esperó hasta el final del semestre para empezar. Improvisando por completo.

La única ropa que tenía en el armario eran camisetas bonitas con dibujos animados que usaba para dormir y unos pantalones cortos muy ajustados. Ni siquiera tenía ropa interior limpia en los estantes. Beth cogió la única camiseta bonita que le quedaba para Britt.

Mierda, ¿qué me voy a poner?

Olfateó su ropa usada. Todas apestaban a una mezcla poco saludable de sudor y su perfume favorito de melocotón. Recordó que no tenía dinero para comprar otro frasco y lo estaba estirando hasta la última gota.

Y parecía que esa noche tendría que usar esa misma cantidad. No pensaba quedarse, pero tampoco quería que la gente pensara que no lavaba la ropa ni se bañaba con regularidad. Lo cual era cierto, pero nadie tenía por qué saberlo. Al menos en lo que respecta a lavar la ropa.

Me pondré unos pantalones cortos y una camiseta de tirantes. Además, solo voy a entrar y salir.

Beth intentó estirar los pantalones todo lo que pudo, pero sus genes latinos no le ayudaron mucho a mantenerlos en su sitio. Lo mismo ocurrió con su camiseta. Probablemente debería haberse puesto una chaqueta grande, ya que no tenía otra opción que ir sin ropa interior. Pero quería ayudar a su amiga lo más rápido posible y largarse.

Entrar y salir, sin hablar con nadie, Beth.

Se lo repitió a sí misma durante todo el trayecto hasta la casa de Maisie.

No había muchos coches aparcados fuera. Y la mayoría de ellos no los reconocía. Bien, cuanta menos gente hubiera dentro, mejor.

Beth: Estoy aquí. ¿Dónde estás?

Beth subió por el camino de entrada, admirando la casa. Daría cualquier cosa por vivir en un lugar como este. Una acogedora casa suburbana de dos pisos con patio.

Sus sandalias se engancharon en una grieta, haciendo que tropezara y cayera. Se le cayó el teléfono de cara al suelo.

¡Mierda!

Esperaba que el daño fuera mínimo, pero para su desesperación, además de los cristales rotos, la tinta de la pantalla se había derramado por todas partes. Quedó inservible.

Genial. Eso significa otra llamada a papá para pedirle uno nuevo.

No es que Beth y su padre no tuvieran una buena relación. Es solo que ella prefería mantenerse al margen y tener el mínimo contacto posible con él y su nueva novia. La cual, por cierto, era cinco años más joven que su padre.

Beth tocó la puerta principal y esta se abrió sola.

¡Bien hecho! Una fiesta universitaria sin ningún tipo de seguridad. Genial.

Inspeccionó todas las habitaciones por las que pasó, pero Britt no estaba por ninguna parte.

—¿Puedo ayudarte?—Una voz nasal y delgada sobresaltó a Beth.

Se dio la vuelta y se encontró frente a ella a una empollona con cara de perra. La hermana pequeña de Maisie, Allie. Todo lo contrario que su hermana, que era una bruja. Callada y muy buena estudiante. Pero no te dejes engañar, tenía la cara más malvada del mundo. Una mocosa en todos los sentidos de la palabra. La mayoría de las veces vestía ropa holgada y llevaba un moño desordenado. Pero cada vez que se ponía el bañador, los chicos del campus se quedaban boquiabiertos. A Allie no le importaba. Era una estudiante sobresaliente y nunca perdía el tiempo con los chicos.

En todos los años que Beth pasó estudiando aquí, nunca había visto a Allie con un novio. Bien por ella, al menos no tenía que lidiar con un idiota y con las tareas escolares. Su único interés había sido las competiciones de natación y hacerle la vida imposible a su hermana.

—Lo siento mucho. Soy amiga de Brittney, me envió un mensaje pidiéndome que le trajera una camiseta, pero no consigo encontrarla.

—¿Por qué no la llamas?—preguntó Allie con un tono de '¿eres tonta?'

¡Qué idea tan brillante, genio! ¿Cómo no se me ocurrió?

Beth estaba segura de que ya estaría de vuelta en casa si no se le hubiese caído su estúpido teléfono fuera.

—Lo haría, pero mi teléfono decidió darse un leñazo contra el cemento hace un rato y está destrozado.

Allie miró a Beth de arriba abajo y volvió a subir la mirada. Chasqueaba los dientes excesivamente mientras masticaba el chicle que tenía en la boca. A Beth le bastaba con saber que había salido corriendo de casa medio desnuda, y la mirada crítica de Allie la hacía sentir incómoda.

—Está arriba, al final del pasillo. La puerta del fondo. No ha salido desde que los chicos no pudieron apartar la mirada de ella.

Antes de que Beth pudiera darle las gracias, Allie se alejó con los brazos cruzados y la barbilla alta. Beth casi corrió escaleras arriba siguiendo sus indicaciones. Al dar el último paso, se estrelló de cara contra algo duro como una roca.

—Cuidado belleza, ve un poco más despacio.

Esa voz.

Esa voz ronca, masculina y jodidamente molesta hizo que se le erizara el vello de la piel al instante, como a un gato enfadado. Levantó la mirada y, Dios mío, si no hubiera sabido que era un idiota, quizá le habría dado su montada. Alto, grande y todo músculo. Evan Presley, sin camiseta, le bloqueaba el paso.

¡Genial! Adiós a la idea de pasar desapercibida.

No solo fracasó su plan, sino que además se topó con el rey de los idiotas del campus. Y para empeorar las cosas, apestaba a alcohol. Típico de un idiota universitario estar borracho tan temprano en la noche.

Beth y Evan se habían cruzado varias veces a lo largo de los años. La mayoría de las veces, ella le había dicho lo que pensaba. Excepto una vez, cuando realmente consideró tener una conversación agradable con él.

Beth estaba segura de que él no había escuchado ni una sola palabra de lo que ella había dicho mientras la desnudaba con la mirada todo el tiempo. Le encantaba mirarle el trasero sin importarle nada más. Y esta vez no fue diferente.

Beth pasó rápidamente junto a él, tratando de mantener una interacción mínima. Él no apartó los ojos de cada movimiento de su trasero mientras ella subía el resto de las escaleras. Una vez arriba, se dio la vuelta y le lanzó una mirada amenazante.

—¿No tienes nada mejor que hacer?

Quizás eso lo haga sentir cohibido.

—¿En lugar de ver cómo se te escapan las nalgas por debajo de esos pantalones cortos tan ridículos? Realmente no.—Sus dientes blancos brillaban bajo una sonrisa diabólica.

Beth no pudo evitar poner los ojos en blanco hasta tal punto que pensó que se quedaría ciega.

Ignorando al pervertido de abajo, entró en la habitación que Allie le había indicado y allí estaba ella. Su atrevida y extrovertida amiga estaba en el suelo, abrazándose las rodillas.

—¿Britt? ¿Va todo bien?—Brittney se puso de pie de un salto.

—¿Has traído la camiseta?

—Sí, la he traído, pero...

—¡Dámela!

Britt le arrebató la camiseta. Luchó por ponérsela y de alguna manera, consiguió que le quedara bien. A Beth le quedaba cómoda en el pecho. Tenía una copa C, pero prefería los sujetadores deportivos que la apretaban un poco. Cuando no iba sin ropa interior, claro.

Pero Britt tenía una copa doble D. La camiseta apenas le quedaba bien. Era mucho mejor que la que llevaba puesta. Era una camiseta con tanto escote que Beth se preguntó por qué se había molestado en ponérsela.

Sabía el tipo de miradas que le lanzarían toda la noche. Pero así era Brittney. Nunca se puede vender lo que no se muestra, solía decir.

—Así está mucho mejor. No creo que hubiese podido salir otra vez con mi camiseta anterior.

—¿Te refieres a tu trapo anterior?

—Ay, cállate. A veces me gusta sentirme guapa, ya lo sabes.

—Ser bonita no es lo mismo que ser un pedazo de carne, Britt.

—Lo dice la chica con el trasero colgando.—Britt inclinó la cabeza lo suficiente como para ver las nalgas de su amiga colgando bajo sus pantalones cortos.

—No tengo ropa limpia y tú me obligaste a salir de mi casa para traerte la maldita camiseta. No puedes juzgarme.

—Está bien, lo siento. Oye, ya que estás aquí, ¿por qué no te quedas un rato? Hoy hay algunas caras nuevas y te vendrá bien socializar un poco. No te ofendas, pero a veces me gustaría que tuvieras a alguien más con quien hablar, no solo a mí cariño.

—No, gracias. Estoy bien con mi pequeño círculo cerrado y ya he superado mi límite de tiempo aquí. Además, Evan está aquí.

—¡Ay sí, lo sé! ¿No está extrañamente más guapo que antes?

Si Beth era sincera, en realidad estaba un poco más guapo que antes. Se había cortado su pelo negro y se había tatuado todo el cuello. La mitad estaba ennegrecida con llamas alrededor de la barbilla. Le quedaba muy bien.

La primera vez que lo vio, era un chico delgado y tímido. Ahora era un hombre enorme, con un equilibrio perfecto entre músculos y grasa. Si no fuera tan idiota todo el tiempo, Beth estaría segura de dejarlo llegar a la tercera base, sin duda.

Hacía meses que no tenía relaciones sexuales. Su último exnovio era un completo idiota. Incluso antes de que rompieran, hubo unos meses en los que dejaron de tener intimidad. Ahora que lo pensaba, llevaba casi un año sin tener ningún tipo de acción.

Esos pensamientos eran peligrosos en su estado actual. Lo más sensato que podía hacer era ignorar al hombre tanto como pudiera. Preferiblemente desde el sofá de su casa.

—Sigue siendo un pervertido, Britt. No voy bien vestida, esta casa es un glacial y como te he dicho, Evan está aquí. No puedo quedarme.

—Vamos, cariño, no seas tan aburrida. Te lo pasarás bien, quédate un rato. Ven conmigo, tengo unos amigos que quiero presentarte.

A pesar de cualquier protesta que Beth pudiera haber hecho, Britt nunca iba a escuchar nada de lo que ella tuviera que decir. No solo se estaba perdiendo su maratón de películas favoritas, sino que también la estaban arrastrando a un infierno social.

Para empeorar las cosas, el aire acondicionado central de esta casa debía de haber sido fabricado en Alaska. Beth tuvo que cruzar los brazos para que no se le marcaran los pezones. Podía sentir cómo le pinchaban los brazos. Esta noche no podía ir a peor.

CAPÍTULO
Dos

Este semestre había sido horrible. Ahora que había terminado, Evan por fin podía relajarse. Entre sus últimos proyectos de arte y tener que lidiar con su madre, tanto pegajosa como cariñosa, apenas había tenido tiempo para hacerlo. Ahora que el semestre había terminado, lo primero que haría sería jugar un rato al baloncesto con los chicos y quizá volver a coger los pinceles. Nada le ayudaba a despejar la mente como pintar. Estos últimos meses se había visto sumido en un grave bloqueo creativo.

Evan llegó a la cancha de baloncesto. Marcus y Derek ya estaban jugando.

—¿Necesitan otro?

—¡Hola, Van! Sabes que sí, hermano.

La graduación de Marcus era en un mes. Ya tenía innumerables ofertas de trabajo y las había rechazado todas. Había tenido altibajos con su novia, Maisie y le había costado mucho decidir qué hacer. Por un lado, si aceptaba una de esas ofertas de trabajo, nunca volvería a verla. Y, por otro, si no lo hacía, se quedaría aquí en el campus sin hacer nada.

—Tío, Maisie lleva semanas planeando una fiesta en su casa para esta noche. Y justo ahora me ha enviado un mensaje diciendo que puedo pasarme si quiero. ¿Si quiero? ¿Qué significa eso? ¿El mensaje era una invitación o una sugerencia?—Marcus tenía la pelota en su poder mientras hablaba.

—Tío, ve. Sabes que lleva meses intentando hablar contigo. Además, si vuelve a salir mal, habrá muchas otras chicas allí.—Derek le dedicó una sonrisa cursi y un guiño.

Derek era el peor mujeriego que Evan había visto jamás. Tres de cada cien intentos era su tasa de éxito con las chicas. Y aún así seguía presumiendo de sus habilidades y de la cantidad de chicas con quienes se acostaba. Sin duda, recibía más bofetadas que sexo. Pero Evan admiraba su persistencia. Estaba seguro de que su idiota amigo algún día encontraría una buena chica con la que sentar cabeza y se olvidaría de ir de una en otra. Si es que se le podía llamar así.

—Yo tampoco soy ningún experto, pero es obvio que ella está buscando una oportunidad para hablar contigo—, dijo Evan, quitándole la pelota de debajo del brazo a Marcus.

Evan no era en absoluto la persona más indicada para dar consejos sobre relaciones. Había tenido relaciones terribles en el pasado. Una de ellas incluía a una acosadora. Había pasado años soltero a propósito.

Una de las chicas del campus le había llamado la atención hacía años. Solo habían compartido una clase y todo en ella le había cautivado. Todo el mundo conocía a Evan Presley como el idiota que aparentaba ser. Ella no era una excepción.

Hace un par de años había aprendido que esa era la forma más segura de evitar que las chicas quisieran salir con él. Lo cual era una locura para todos los hombres que rodeaban a Evan. Era irreal que un hombre eligiera voluntariamente evadir a las mujeres. Era el único consejo que había aceptado de Derek sin que él lo supiera. Cómo repeler a las mujeres como si fueran moscas.

Evan solía ser delgado y frágil. Después del desastre de su primera ruptura y justo después de su primer semestre de regreso, fue al gimnasio dos veces al día durante un año. Sin embargo, nunca dejó de comer en exceso. Después de luchar con sus hábitos alimenticios, ahora amaba la comida más que nada. Marcus le había sugerido hacerse un tatuaje para ganar confianza, y Evan se lanzó a por ello. Incluso consideró hacerse uno o dos "*piercings*", pero finalmente descartó esa idea.

No es que fuera el chico más guapo del campus, pero tenía lo que las chicas llaman 'un cuerpo de papi chulo'. Seguía teniendo abdominales, pero no estaba tan tonificado. Medir dos metros tampoco le ayudaba mucho. A las chicas les encantaban los chicos altos, musculosos y grandes.

Se propuso como misión evitar cualquier tipo de relación. Durante todos estos años, había esperado en secreto que la chica de la clase de inglés se fijara algún día en él.

Llevaba el perfume más embriagador, desde el primer día que la conoció, hasta hoy. Su corazón se aceleraba cada vez que un soplo de ese aroma dulce y afrutado llegaba a su nariz. Durante años, Evan lo buscó, sin éxito. Llegó a la conclusión de que tal vez era solo ella la que olía tan increíblemente bien.

Eso le hacía soñar despierto con ella. Pero ahora, malditas hormonas adultas, su cuerpo reconocía el aroma y a quien lo llevaba. Al instante le excitaba. Ella había sido su mayor obsesión durante años. Incluso sus proyectos artísticos la tenían plasmada de alguna forma u otra.

Para Evan, ella era la chica perfecta. Largo cabello rubio rojizo, piel blanca y suave, dos pares de senos perfectos y un trasero por el que él iría a la guerra. Cada año, veía a un novio diferente abrazándola. Lo cual siempre lo sacaba de sus casillas. Las pocas interacciones que pudo tener con ella habían terminado de la peor manera posible.

Evan era un idiota, pero respetuoso. Nunca coqueteaba con chicas que tenían pareja. Estaba seguro de que ella pensaba que era el mayor idiota del campus, y no podía hacer nada al respecto. Además, aprovechaba cualquier oportunidad que tenía para mirarla de arriba abajo. Eso la volvía loca.

—Es solo que, después de la broma de la falsa alarma de embarazo, no sé cómo hablar con ella, tío. Sabe que odio ese tipo de cosas y aún así pensó que sería divertido estresarme así. ¿Quién dice que no lo volverá a hacer?

—No sé, tío, solo tienes que intentarlo. Prepara el terreno, deslízate por la alfombra, ¿sabes a qué me refiero?—Dereck agitó las manos en el aire, fingiendo que montaba una alfombra mágica.

—No, Derek, la mitad de las veces no sabemos a qué te refieres.

—No pasa nada, hermanos, yo me entiendo a mí mismo y eso es lo que importa.

Para ser un tipo que nunca había consumido drogas en su vida, Derek parecía estar siempre drogado. Los chicos estaban convencidos de que solo le funcionaba la mitad del cerebro. Comenzaron su juego habitual hasta bien entrada la tarde.

Evan revisó su teléfono y encontró docenas de llamadas perdidas de su madre. Ella quería que regresara a casa, pero él no estaba en condiciones mentales para lidiar con su madre sobreprotectora y su padre siempre feliz. Siempre habían sido los raros del vecindario. Una familia rica que actuaba como si nunca hubiera tenido dinero. La ferretería de su padre había generado suficientes ingresos como para convertirla en una franquicia. Les iba bien económicamente.

Todos los demás esnobs los miraban por encima del hombro y Evan odiaba eso. Además su papá probablemente lo obligaría a ir a pescar al lago. Eso era definitivamente algo que no quería hacer.

—Chicos, me voy a ir. Necesito urgentemente una ducha y dormir un poco. Los exámenes finales me han dejado sin fuerzas.—dijo Evan, estrechando la mano de Marcus.

—Te entiendo. ¡Ah! Pero vendrás a la fiesta, ¿verdad?—le apretó la mano con más fuerza.

—No, tío, no creo. Pero diviértanse por mí.

—Qué pena, tío. Pero no pasa nada.—Marcus levantó las manos en señal de rendición.

—Nos vemos, hermano.—Dereck estrechó la mano de Evan.

De camino a su casa, ese dulce aroma afrutado lo golpeó como un camión. Su cuerpo sabía de dónde venía, especialmente su polla. La maldita cosa tenía razón. Bethany Harper estaba sentada junto a lo que a Evan le gustaba llamar su bolso amigo. Bien podría estar impresa en su ropa, ya que nunca la veía sola más de unos segundos hasta que aparecía su amiga y se la llevaba. Era de mala educación escuchar las conversaciones de otras personas, pero en este caso, él aprovechaba cualquier información que pudiera obtener sobre la vida de ella.

—Y estoy segura de que su fiesta va a ser un asco. Pero he oído que habrá muchos chicos guapos allí.

—¿No acabas de romper con Dustin?

—¿Y qué? Ya sabes que este infierno solo produce degenerados y hombres con egos del tamaño de un país. Quizá le dé una oportunidad a las mujeres.

—No, no lo harás. Solo tienes que darte unos meses de soltería.

—Mira de quién viene el consejo.

—Por eso te lo digo, Britt. A partir de ahora, me voy a concentrar en los estudios y en graduarme. No quiero volver a pensar en chicos.

Vaya, qué mal.

—¿Ni siquiera un poco?

—No voy a ir a la fiesta, Britt, y no hay más que hablar. Estoy harta de los exnovios y lo único que quiero es irme a casa, andar en ropa interior y relajarme.

Esa última parte hizo que la mente de Evan se pusiera a mil. La idea de Beth en ropa interior le hizo latir la polla. Haría cualquier cosa por admirar a esa diosa completamente desnuda. Llevaba años fantaseando con pintarla en todas las posiciones posibles. Ella no iba a ir a la fiesta, y eso era un alivio. Le habría matado descubrir que ella había ido y él no.

—Vamos, tengo muchas ganas de terminar este examen final e irme a casa.

Evan pasó el resto del día dándose placer con la imagen de esta chica en ropa interior. Ya no era un niño prepúberto, pero se sentía como tal. No podía evitarlo.

La última ronda que se hizo lo dejó medio dormido. Habría terminado por esa noche si no fuera por ese maldito mensaje que iluminó su teléfono.

Derek: Hola, tío, esta fiesta es un asco. Las chicas no parecen prestarme atención. Ven a salvar a tu amigo de una noche aburrida.

Evan ignoró el mensaje. Cuando estaba guardando el teléfono, apareció otro.

Marcus: Tío, tienes que venir a salvarme de este lío. Maisie está actuando de forma extraña y realmente necesito una excusa para irme. Me debes una de la última vez.

Evan sabía que ese favor le costaría caro algún día. Le había pedido a Marcus que fingiera que tenía una emergencia para poder librarse de su acosadora, Charlie. De vez en cuando, ella aparecía de la nada y le amargaba la vida a Evan. Al parecer, su familia se había mudado a otro estado y él había disfrutado de meses de paz y tranquilidad.

Hasta ahora. Estaba en el código de los amigos, tenía que ayudar a Marcus aunque la petición y la razón fueran estúpidas.

Evan: Voy para allá.

No era la animada fiesta en la que Evan esperaba encontrarse. Había muy pocos invitados, los que normalmente asistirían a una fiesta en una casa cerca del campus. Pero al menos había buena música y mucho espacio para esconderse hasta que Marcus ya no lo necesitara.

—Amigo, me está matando. Llega, hace un comentario pasivo-agresivo y se va. Pensé que quería hablar.

—Probablemente quiera estar a solas contigo. Sus amigas deben estar vigilando cada uno de sus movimientos.—Evan se metió las manos en los bolsillos y se apoyó en la pared.

—¿Tú crees? Tío, ¿por qué las mujeres tienen que ser tan difíciles?

—Le estás preguntando al tipo equivocado, hermano.

—De todos modos, ahora estás aquí. Intenta divertirte. Hay cerveza en la nevera y algo de picar por la casa. Sírvete tú mismo.

—Sabes que no bebo. Además, solo necesito un lugar donde dejar mis cosas.

—Claro. Sube y déjalas en la habitación de Maisie. Seguro que no le importará.

—Entendido.

Evan tuvo que traerse la mochila. La última vez que fue a una fiesta universitaria, acabó apestando a alcohol que ni siquiera había bebido. No le gustaba el alcohol y odiaba su olor. Excepto el vino. Ese era su pecado favorito. Esta vez, se había traído ropa de recambio. Además, no creía que tuviese que usarla. O eso pensaba.

Evan estaba muerto del aburrimiento. Marcus por fin había conseguido estar a solas con Maisie para hablar y Derek, sorprendentemente, estaba congeniando con una de las chicas de la fiesta.

Quizás debería irme a casa y dormir un poco.

El momento perfecto para un plan perfecto. Excepto que uno de los invitados tropezó y derramó cerveza sobre la camisa de Evan cuando ya estaba a punto de salir por la puerta.

Genial, simplemente genial.

Subió las escaleras para limpiarse, pero fue inútil. La camisa estaba arruinada y no iba a pasar toda la noche oliendo a cerveza. Quizá podría pedirle a Allie una de las camisas de su papá. Se la devolvería al día siguiente. De todos modos, era de mala educación andar sin camisa. Se había traído una chaqueta, pero le daba mucho calor y le hacía sudar a mares, así que tampoco era una opción.

Cuando empieza a bajar las escaleras, alguien choca contra él.

Joder.

Al bajar la vista, se encontró con unos ojos azules grandes y hermosos y unos labios suaves y preciosos. Y entonces ese maldito perfume invadió sus sentidos, mareándolo de excitación.

De pie un escalón por debajo de él, vestida con unos pantalones cortos escasos y una camiseta de tirantes finos que dejaba ver claramente sus pezones a través de la tela, estaba su mayor pecado, Bethany Harper.

Carajo.

Evan murmuró entre dientes, alargando lentamente la palabra. Dios, estaba buenísima. No sabía por qué estaba allí después de haberse negado rotundamente a venir. Pero bueno él tampoco. Marcus había conseguido sacarlo de la cama y arrastrarlo a ese desastre.

—Cuidado belleza, ve un poco más despacio.

Evan se habría disculpado si ella no lo hubiera ignorado por completo, pasando a su lado a toda prisa. Sus ojos persiguiéndola por las escaleras. El contoneo de sus caderas lo volvió loco.

Y esos pantalones cortos que llevaba apenas podían contener su dulce y hermoso trasero, sus nalgas asomaban por la fina tela, haciéndole babear.

Cuando llegó arriba, se volvió para mirarlo, con las manos cruzadas como si intentara ocultar los pezones duros que él ya había disfrutado.

—¿No tienes nada mejor que hacer?

Evan podría haber aceptado y haberse marchado. Pero había impulsos que le costaba controlar. Y con Beth, cada célula de su cuerpo ignoraba a su cerebro.

—¿En lugar de ver cómo se te escapan las nalgas por debajo de esos pantalones cortos tan ridículos? Realmente no.

Ella puso los ojos en blanco y se marchó.

Vaya, qué bien había salido todo.

Evan debía demostrarle que no era un imbécil, y había conseguido demostrarle que no solo era eso, sino también un maldito pervertido.

Bien hecho, Evan.

Pero, ¿cómo no iba a serlo? No importaba lo que llevara puesto. Todo de ella le causaba un cosquilleo en los testículos. El hecho de que estuviera andando semidesnuda, oliendo como un maldito bocadillo, hizo que Evan perdiera el respeto por sí mismo.

Después de rebuscar en el armario de sus padres, Allie le dio una de las viejas camisas de su padre.

Olía a polvo y humedad, pero era mejor que oler como una cervecería recién vaciada.

Evan vio a Brittney bajar las escaleras, y Beth la seguía justo detrás, cubriéndose el pecho con los brazos. Debía de estar helada.

A Evan realmente no le importaba el frío. No era de los que se veían afectados por él. Su masa corporal compensaba cualquier situación, además de que su piel siempre estaba caliente, independientemente del clima. Pero para ella, esto debía de ser un infierno. Era tan pequeña en comparación, y con esa ropa fina que llevaba puesta, Dios mío. Era obvio que había salido de casa con prisas.

Quizás podría ofrecerle mi chaqueta.

Era una idea brillante. Era una forma segura de entablar conversación. En ese momento, Evan habría aceptado cualquier oportunidad que se le presentara solo para poder hablar con ella.

CAPÍTULO
Tres

Brittney le presentó a Beth a sus molestas y malcriadas amigas. Zorras hipócritas que nunca le habían caído bien. Cuerpos espectaculares sin cerebro. El mundo giraba a su alrededor y su realeza era incomparable en el campus. Tener padres ricos significaba que no tenían ninguna preocupación. En cierta medida, a Beth le disgustaban los niños ricos. La mayoría de ellos estaban desconectados de la realidad y tenían personalidades horribles. Pero eso era solo su opinión.

—Estas son Clara y Amy. Chicas, os presento a Beth.

La personalidad de Brittney cambiaba por completo cuando estaba cerca de esas brujas. Incluso el tono de su voz se volvía insoportablemente agudo.

Ambas saludaron a Beth como si la conocieran de toda la vida. Un beso en ambas mejillas y un saludo con voces agudas que chirriaban en los oídos de Beth.

Recordó por qué nunca socializaba mucho con otras chicas. Brittney había sido su única amiga desde la secundaria. E incluso entonces, Beth a veces la evitaba. Así era ella. Además, aunque la mayor parte del tiempo fuera un desastre, era la amiga más dulce que Beth podía tener.

—Encantada de conocerlas.

Había un poco de mentira detrás de las palabras de Beth.

No estaba encantada de conocerlas. Ni siquiera debería estar allí. Debería estar acurrucada en su sofá, durmiéndose frente al televisor.

Para empeorar aún más esta noche horrible, Beth ya había visto a Evan varias veces por la casa. Ahora llevaba una camisa, gracias a Dios. La forma en que la miraba le ponía los pelos de punta, pero al mismo tiempo le provocaba un cosquilleo en la espina. Cada vez que se cruzaban, estaba segura de que él la desnudaba con la mirada. Una mirada felina que la devoraba viva.

Pero no en el sentido de 'solo quiero follar contigo y acabar de una vez'. Era más bien como si quisiera tomarse su tiempo con ella. Adorarla y darle todo lo que ella pidiera. Tenía que admitir que la mirada salvaje que le dirigía la ponía un poco caliente.

—Britt, tengo que irme.

—Venga, vamos. La fiesta acaba de empezar.

—Para mí no.

—Tranquila. Traeré algo de beber. No te muevas.

Beth no iba a quedarse allí sola y dar a nadie la oportunidad de entablar conversación. Empezó a marcharse cuando Evan la detuvo, bloqueándole el paso con su enorme cuerpo. Tenia sus manos en los bolsillos.

—No te vas a marchar tan pronto, ¿verdad, princesa?— susurró la última palabra con un tono sensual. Inclinó la cabeza mientras le hacía ojitos.

—En primer lugar, no me llames así. En segundo lugar, sí, me voy a casa. No es asunto tuyo.

—¿Por qué? La fiesta es aburrida, pero eso no significa que no puedas divertirte.

Volvió a utilizar el mismo tono. Debería haberla enfadado, pero la insinuación detrás de la palabra y el tono hicieron que sus pezones se erizaran.

—Estoy cansada, tengo frío y quiero irme a casa. No me importa divertirme.—dijo, burlando la última palabra.

Los ojos de Evan se iluminaron junto con su sonrisa, una sonrisa diabólica que se extendía de oreja a oreja.

—Dejé mi chaqueta arriba, en la habitación de Maisie. Si la quieres, podemos ir a buscarla.—Agarró el borde del arco con ambas manos, dejando que el peso de su cuerpo cayera hacia adelante. Todos los músculos de sus brazos estaban tonificados, ofreciendo un espectáculo a Beth.

—Debes de pensar que soy estúpida. Si estás dispuesto a prestarme tu chaqueta, ve a buscarla y vuelve aquí. Solo.— enfatizó la última palabra.

Cuando lo hiciera, Beth saldría corriendo.

Evan inhaló bruscamente entre dientes y se inclinó peligrosamente cerca de ella, mirándole los pechos.

—Si quieres taparte los pezones, que se marcan claramente en tu camiseta, tendrás que subir conmigo y cogerla.

Beth cruzó los brazos sobre el pecho. Se había olvidado por completo. Había estado demasiado relajada para su comodidad durante los últimos minutos.

—No voy a caer en esa trampa, Presley. —dijo su apellido en tono burlón.

—No voy a ir solo a por la chaqueta, Harper.—Evan imitó su tono.

Beth se quedó con los ojos muy abiertos durante unos segundos.

—¿Cómo sabes mi apellido?

—Estuvimos juntos en clase durante todo un semestre. ¿No te acuerdas?

Ahora que lo mencionaba, sí que se acordaba. Era su primer año en la universidad. Él se sentaba detrás de ella todos los días.

—Sí, me acuerdo. Entonces estabas más delgado.

—Te aseguro que ahora estoy mucho más grueso.—ronroneó él.

En el cerebro, tal vez.

La sonrisa burlona en el rostro de Evan enfureció a Beth. Realmente no tenía otra opción. Estaba claro que él no iba a dejarla ir. Era eso o dar un espectáculo a todos durante el resto de la noche si Britt la convencía de quedarse una vez más.

—Entrar y salir con la chaqueta. Nada de tonterías—dijo Beth, señalando con seriedad a Evan.

Él se encogió de hombros y se llevó la mano al pecho.

—Me ofende profundamente lo que insinúas. Como si quisiera tenerte solo para mí... en una habitación. Nada de tonterías, lo prometo—le susurró al oído.

Normalmente, ese tipo de comportamiento habría enfadado a Beth. Pero la forma en que su voz vibraba en su oído le provocó una onda expansiva por todo el cuerpo. Era imposible, pero sus pezones se endurecieron cuanto más se acercaba él.

—Solo la chaqueta, Evan.

—Solo la chaqueta, Bethany.—le aseguró él.

Su nombre salió de su boca de una forma tan sexy que le hizo olvidar por un momento lo idiota que era.

Ella pasó corriendo a su lado y subió las escaleras de dos en dos para que él no tuviera tiempo de mirarle el trasero. Él le echó un vistazo de todos modos antes de que ella se alejara. Deslizó su cuerpo cerca del de ella. Sus narices casi se rozaban.

—Entiendo lo de los pezones. Pero ¿no sientes frío en las nalgas? ¿Qué vamos a hacer al respecto?—se mordió el labio inferior.

—Date prisa, Evan. No tengo toda la noche para entretener a tu estúpido trasero.

Levantó las manos en señal de rendición y se dirigió a la habitación de Maisie. Abrió la puerta e hizo un gesto a Beth para que entrara. Ella se detuvo un segundo y evaluó la situación. Necesitaba la chaqueta, sí. Pero ahora sabía en qué habitación estaba la chaqueta de él. Beth podía simplemente rechazar su petición, esperar un poco y volver para coger la prenda ella misma.

Sí, eso es. Tu plan no va a funcionar, Presley.

—¿Sabes qué? Quizá no la necesite tanto.—dijo con confianza.

—Como quieras.—dijo él, y empezó a alejarse, pero enseguida volvió.—Ahora que lo pienso, tengo un poco de frío. Si no la quieres, la cogeré y me la pondré. Ya que estoy aquí.

Una sonrisa arrogante se dibujó en sus labios.

Ejecutar el plan B.

—Entonces me voy a casa, muchas gracias.

Beth se dio la vuelta y empezó a marcharse.

—Si das un solo paso por esas escaleras, le pediré a tu amiga Brittney que nos organice una cita. Estoy seguro de que estará más que dispuesta a decir que sí.

Se dio la vuelta y se encontró con otra sonrisa diabólica en su boca.

Bueno, ese plan claramente había fallado.

—No, no. Está bien. Solo voy a cogerlo.

—Está junto a la cama.—dijo él, inclinando la cabeza hacia el interior de la habitación.

Beth entró, se puso la chaqueta y comenzó a caminar hacia la puerta. Estaba a punto de salir victoriosa.

Evan la detuvo, bloqueando la entrada con su cuerpo. Las manos dentro de los bolsillos de sus pantalones deportivos. Beth ahora podía ver que eran demasiado delgados para usarlos en público. Maldición, no solo era grueso mentalmente.

—Ahora que se ha evitado la situación de los pezones, ¿qué vamos a hacer con tu trasero?—miró su trasero por el costado.

—¿Qué pasa con él?

—Tengo unos pantalones cortos de baloncesto de repuesto en mi mochila. Estoy seguro de que tienes más que suficiente para que te queden bien.

Beth se estaba poniendo inquieta.

—Está bien, tomaré los pantalones cortos y—

—Antes de que los tomes.—la detuvo de nuevo.—Quiero algo a cambio.

Ella soltó un suspiro profundo.

—Como era de esperarse.

Evan deslizó los dedos por debajo de la cremallera de la chaqueta. Dejando al descubierto el hombro de Beth. Se inclinó y le dio un beso suave en su piel cremosa. Su cálido aliento le hizo sentir un cosquilleo en la piel. Sus labios subieron hasta el punto suave y sensible de su cuello y le dieron otro beso.

Beth sabía que no debía permitirlo. Debería darle una bofetada y salir corriendo. Pero habían pasado meses desde la última vez que la habían tocado y seducido así. Se derretía bajo sus caricias y no podía hacer nada al respecto. Ya sentía los pantalones cortos húmedos, y él apenas la había tocado.

—Quiero hacer un trato.

—¿Y cuál es?—susurró ella.

—Te dejaré quedarte con la chaqueta y los pantalones una vez que te los hayas puesto. A cambio, te quitarás tus pantalones y tu camiseta y los dejarás en mi mochila.—La punta de su nariz acarició el punto sensible de su cuello.

—¿Quieres que baje desnuda con tu chaqueta y tus pantalones cortos?—Apartó el cuello.

—Ya lo estás bajo la ropa que llevas puesta. ¿Qué más da?.

—¿Cómo lo sabes?—dijo ella en tono burlón.

Pasó un dedo suave pero firme por el punto sensible entre sus piernas. Ella abrió la boca para protestar, pero solo le salió un suspiro bajo y entrecortado. La tela de sus pantalones cortos era tan fina que podía sentir su tacto como si no llevara nada puesto. Contuvo un gemido cuando su cálido aliento le acarició la oreja.

—Es un poco obvio, princesa. Sé buena y haz lo que te pido.

Debería estar enojada por la forma en que la estaba tratando. Pero este pequeño juego estaba poniendo a Beth caliente. Era una locura dejar que Evan Presley jugara con ella, pero sería aún más loco dejar pasar la oportunidad de un buen polvo. Incluso si era con este imbécil.

Le cerró la puerta en las narices y hizo lo que él le había dicho. El pervertido quería llevarse su ropa a casa, y a ella no le importaba. Cuando se quitó los pantalones, quedó claro lo mucho que la había excitado con solo un simple toque y unos cuantos besos.

No podía imaginar lo que le haría si le daba rienda suelta sobre su cuerpo.

Se puso su ropa y salió.

—Listo. ¿Y ahora qué?

—Ahora baja y disfruta de la fiesta.

Él ladeó la cabeza con una media sonrisa felina en la comisura de los labios.

—¿Y tú qué vas a hacer? ¿Quedarte aquí y oler mi ropa cuando nadie te vea?

El agarró a Beth por la mandíbula, obligándola a mirarlo a los ojos. Sus labios estaban a solo un suspiro de distancia.

—Voy a hacer con ellas lo que no puedo hacer contigo, princesa. Sería muy grosero decirte lo que es. Vete, antes de que cambie de opinión.—su voz ronca la excitó aún más.

Beth sabía que no debía abusar de su hospitalidad. Debería sentir repugnancia por su confesión, pero la idea de que él se diera placer con su ropa le hacía sentir un cosquilleo en el coño.

CAPÍTULO
Cuatro

Evan se quedó en medio de la habitación con los pantalones cortos más que mojados de Beth en las manos. Su pene se estremeció al pensar que él era la razón por la que ella tenía la ropa empapada. Por un momento, pensó que se había pasado un poco con su petición y su atrevido gesto de tocarla. Pero estaba claro que ella disfrutaba de su juego.

Una risa entrecortada se le escapó por la nariz.

Beth pensó que Evan iba a oler su ropa. Sus pantalones, para ser exactos. Y, por muy tentadora que fuera esa idea, no era lo que él realmente quería. Los dejó caer y agarró su camiseta. Inhaló profundamente ese dulce perfume que lo volvía loco.

Se frotó la camiseta por la cara como un gato en una caja de hierba gatera. Si alguna vez encontraba ese maldito perfume, compraría todo lo que tuvieran en inventario solo para asegurarse de poder olerlo siempre que quisiera.

Evan guardó la ropa en su mochila y la cerró. Debía bajar antes de que Beth pensara que no solo estaba oliendo su ropa, sino haciendo cosas mucho más obscenas con ella. Tenía la sensación de que eso era exactamente lo que ella pensaba y que no le importaba. Pensar que ella era tan pervertida como él lo ponía más duro que nunca.

Con el paso del tiempo, Evan empezó a tener sed. Cogió un refresco de la nevera e inmediatamente vio a Beth con su amiga. La estaban ignorando por completo, ya que las chicas parecían estar babeando por los chicos de la fiesta. La única que ignoraba las muestras de masculinidad era ella.

Buena chica.

Más vale ir a hacerle compañía, pensó Evan.

—Cuando te dije que fueras a disfrutar de la fiesta, no me refería a que te quedaras en un rincón siendo ignorada.—le dijo al acercarse por detrás y susurrarle al oído.

Su voz la sobresaltó.

—Cuando te dije que quería irme a casa, decía la verdad.

—Lo siento, no podía dejarte ir tan fácilmente.

Ella se dio la vuelta para mirarlo.

—¿No tienes nada mejor que hacer? Seguro que hay muchas chicas a las que molestar por aquí.

—En realidad, solo me interesa una. Huele jodidamente bien, y el hecho de saber que no lleva nada debajo de mi ropa me pone inestable.

Eso provocó una descarga eléctrica en los pezones de Beth.

—Por cierto, todo es culpa tuya.

—Culpable.

Ella exhaló un profundo suspiro.

—¿Qué quieres, Presley?

Él acortó la distancia entre ellos, elevándose sobre ella. Le rozó la barbilla con el dorso del dedo.

—Si te lo pidiera, ¿me dejarías besarte?—le susurró al oído.

Beth sabía que no debía hacerlo. Pero el calor de su aliento la hizo estremecerse. Tenía que admitir que sentía curiosidad por saber qué sabor tenía. Al fin y al cabo, solo sería un beso. Le daría la satisfacción y se acabaría todo.

—Si lo hiciera, ¿qué obtendría a cambio?.

Sus labios se rozaban ahora con ternura.

—Maldición, todo lo que quieras princesa.—dijo con voz suplicante.

Beth no podía creer lo que estaba haciendo. Pero se puso de puntillas y besó a Evan primero. En cuestión de segundos, un simple beso se convirtió en el beso más apasionado que había experimentado jamás. Él no fue brusco en absoluto, y parecía como si hubiera estado esperando ese momento toda su vida. Su impaciencia tomó a Beth por sorpresa.

Él deslizó su mano libre por su espalda. Apretando sus cuerpos uno contra el otro. Incluso a través de la chaqueta, podía sentir perfectamente sus pezones duros. Sus suaves senos se sentían maravillosos apretados contra su pecho.

Cuanto más apasionado se volvía el beso, más se rozaba su pene contra sus pantalones deportivos. Esta mujer no se estaba conteniendo. Eso estaba haciendo que a Evan le temblasen las rodillas. Si no rompía el beso, iba a hacer lo más indecente delante de todos.

—Joder. Lo siento. Tengo que irme.

Ambos estaban sin aliento, la voz de Evan casi se quebró. Dejó a Beth caliente y molesta, y eso lo estaba matando. Pero tenía que irse a tomar un respiro y calmar su erección.

Sabía que ella tenía un fuerte efecto sobre él, pero esto superaba cualquier fantasía que hubiera tenido. Evan realmente pensó que saldría victorioso en su propio juego. Resulta que era un maldito perdedor.

CAPÍTULO

Cinco

Beth se quedó allí confundida. Acalorada, húmeda y completamente confundida. Él había estado jugando al gato y al ratón desde que la vio por primera vez, la había buscado, le había pedido ese maldito beso y ahora se había marchado. ¿A qué estaba jugando?

—¡Bethany Harper! Sabía que podías hacerlo. Y nada menos que con Evan.

—Britt, baja la maldita voz.

—Cariño, estoy segura de que todo el mundo vio esa escena tan caliente. —Brittney jadeó sorprendida.—¿Por eso llevas puesta su ropa?

—No. Tenía frío y él me la prestó.

—¿Entonces esperaba gratitud?

—Supongo. Es más idiota de lo que pensaba.

—Pero jodidamente sexy.

—Esa no es la cuestión, Britt. Es solo que... ¿sabes qué? Me voy, definitivamente. Quedarme fue un error.

—Beth, espera, no te vayas.

Beth salió corriendo de la casa y se detuvo en el pórtico para tomar aire.

—¿Vas a algún lado, princesa?

Maldición, está en todas partes.

Evan estaba sentado en una de las sillas del pórtico con los codos sobre las rodillas. Parecía que él también necesitaba tomar aire fresco.

—A casa. Esta fiesta es un asco. Además, no me gusta que me besen y luego me dejen plantada.

Era ahora o nunca. Beth se dirigió a su coche, pero no llegó muy lejos. Evan la agarró del brazo y la atrajo hacia él. La apretó contra su cuerpo. Su erección, aún dura como una roca, le rozaba ligeramente el trasero.

—No esperaba que me devolvieras el beso así.—le dijo al oído.

—Ese es tu problema, no el mío.

—También pensé que verte con mi ropa me haría dejar de desearte. Pero estaba muy equivocado.

En lugar de defenderse, ella se unió a su juego. ¿Quería jugar? Pues se iba a llevar una sorpresa.

—Espera a que te las devuelva. Te espera un fin de semana en el que vas a gastar muchos pañuelos.

Él apretó su cuerpo con más fuerza contra el de ella.

—Estás disfrutando esto, ¿verdad?

—Un poco.—ella miró por encima del hombro y le dedicó una sonrisa burlona.

Ese tira y afloja hizo que la polla de Evan latiera con fuerza.

—No sabes lo que me estás haciendo ahora mismo.—dijo con voz ronca.

—Tú empezaste. ¿No puedes soportar la presión?

Él presionó su erección con más fuerza contra su trasero y le agarró suavemente la garganta, apretando los dedos lo justo para hacerla estremecerse. Ella dejó escapar un suave gemido ahogado.

—Voy a ser completamente honesto contigo. No. Mierda, de verdad que no puedo.

Le susurró lo último al oído y le dio un beso en la nuca. Beth empujó su trasero contra su pene con ganas. Él siseó y le agarró la cintura con fuerza con los dedos.

—Si vuelves a hacer eso, te llevaré arriba. Y no me disculparé por las cosas que te voy a hacer toda la noche.

—Puedes intentarlo.—bromeó ella.

Ella deslizó la mano por su espalda, sobre su muslo, donde descansaba su polla dura y gruesa. Le frotó la punta con el dedo, provocándolo. Luego le apretó el tallo suavemente.

El —joder— que le susurró al oído con voz ronca la dejó empapada. Él le dio la vuelta y la inmovilizó contra la pared. Se inclinó para darle un beso apasionado, sus lenguas bailando en la boca del otro. Sus dos manos le agarraron el trasero.

Ella levantó una pierna por encima de su cintura y su erección rozó el punto sensible de su coño. Cada beso era más fuerte y más ardiente. Incluso más descuidado que antes. Beth gemía con cada uno de ellos. Eso estaba volviendo a Evan completamente loco.

Le bajó la cremallera de la chaqueta lo justo para tener una vista clara de sus perfectos y turgentes pechos. Su mano los cubría perfectamente, como un guante. Se agachó y se metió uno en la boca. Chupó suavemente su tenso pezón. Pasó la punta de la lengua por la dura protuberancia, saboreando cada segundo.

—Me estás volviendo loco, Harper. Necesito follarte ahora mismo o mi polla va a explotar.

Ella soltó una risa entrecortada.

—Eso no es problema mío, Presley. Mi ropa sigue arriba si necesitas liberarte tanto.

—Tu ropa no me sirve.—dijo con voz entrecortada y sin aliento. Deslizó la lengua desde la base de su cuello hasta la barbilla y aterrizó en sus labios para darle otro beso apasionado.

El traqueteo de la puerta los sobresaltó a ambos. Evan fingió mirar hacia la calle, apoyando el cuerpo en la barandilla del pórtico. Beth apenas podía moverse y solo consiguió mirar hacia otro lado, limpiándose los labios con los dedos.

—¡Ay! Todavía están aquí.—Brittney los miró a ambos y sonrió a Beth.—Juntos. Otra vez.—Levantó ambas cejas al mismo tiempo.

—Cállate, Britt. ¿Qué quieres?

—Los chicos están a punto de tirarse a la piscina.

—¿Y?

—¿Qué quieres decir? Chicos borrachos sin camiseta, obvio.

Beth miró a Evan. Él ya la estaba mirando por encima del hombro. Esperando su respuesta.

Sabía que él quería que Brittney se fuera para poder continuar donde lo habían dejado. Pero a Beth se le ocurrió que sería más divertido dejarlo allí, solo. Acalorado y molesto, tal y como él había hecho con ella antes.

—Suena divertido. Vamos.

—¡Así se habla!

Antes de entrar, miró hacia atrás y se encontró con unos ojos hambrientos y furiosos. Él tenía el cuerpo recostado contra la barandilla del porche. Las manos metidas en los bolsillos de sus pantalones de chándal. Su erección furiosa todavía se marcaba claramente en ellos.

La mirada que él le dirigió la hizo sentir mareada y satisfecha. Él articuló con los labios el 'Que te jodan' más claro que ella había visto jamás. Ella le respondió con un 'Ya te gustaría'. Una sonrisa maliciosa se dibujó en sus labios mientras se pasaba una mano por el pecho y la otra por el estómago, y luego bajaba entre sus piernas. Él se mordió el labio inferior y apartó la cabeza. No sabía cuándo, pero estaba seguro de que se lo haría pagar.

CAPÍTULO

Seis

EVan supuso que era la venganza por haberla dejado sola después de su primer beso. Pero no le hizo ninguna gracia la repentina interrupción y el afán de Beth por dejarlo colgado. Para colmo, se atrevió a burlarse de él y provocarlo aún más tocándose de una manera muy indecente. Encantadora y sexy, pero indecente al fin y al cabo.

Eso lo enfureció, pero no podía negar que su polla se había endurecido aún más. Cuando tuviera la oportunidad de que ambos estuviesen a solas, ella ya no podría seguir con su juego. La llevaría al dormitorio para follarla hasta dejarla sin sentido.

Volvió a entrar en la casa. Un gran alboroto procedente del patio trasero llamó su atención. Maldita sea, Brittney había subestimado lo de ir sin camiseta.

Todos los chicos que se zambullían en la piscina estaban casi desnudos. Incluso Derek se había unido a la farsa. Todas las chicas gritaban a los chicos mientras estos desfilaban por el borde de la piscina.

Todas excepto Beth. Ella miraba directamente a Evan, sentada en un sofá en el gazebo con una expresión que decía 'ven a por mí'. Estaba jugando un juego peligroso. Dejarle probar su sabor era suficiente para volverlo loco de lujuria. Pero jugar con él de esa manera estaba despertando una bestia que él no sabía que poseía.

Evan se unió a Beth en el sofá como si nada hubiera pasado. Ella no lo miró ni una sola vez. Fingió disfrutar viendo a los hombres desfilar con sus cuerpos junto a la piscina. Incluso gritó obscenidades a uno o dos de ellos.

Él imitó su postura sentándose de lado y deslizó lentamente una mano provocadora por su muslo. Los pantalones cortos de baloncesto holgados eran una maravilla en este momento. Pasó su mano abierta desde la nuca hasta el cabello, cogiendo un pequeño mechón con el puño en medio de la cabeza y tirando suavemente de él para que ella apoyara la cabeza en su hombro. Beth contuvo un gemido y se tapó la boca con las manos.

—No me gusta que jueguen conmigo.—comenzó a susurrarle al oído.—Pero odio aún más que me ignoren.

La mano sobre su muslo subió lo suficiente como para tener fácil acceso a su ya empapado coño. Sus dedos frotaban en círculos dulces y lentamente torturadores sobre su clítoris.

—Evan, por favor...para.—suplicó Beth, con una voz que sonaba casi como un jadeo.

Él le tiró un poco más del cabello y le cubrió todo el coño con la mano, aplicando presión.

—Las chicas malcriadas no me dicen lo que tengo que hacer.

Beth intentó deslizar la mano por detrás de la espalda para tocarlo, pero él le soltó el cabello y la agarró por la mandíbula, girándole la cara para que sus labios se encontraran.

—Manos fuera, princesa.

Evan la atrapó entre un beso ardiente y una acción entumecedora de sus dedos sobre su clítoris ya hinchado. Era demasiado para ella. Su tacto, la pasión de su beso y su actitud posesiva la estaban llevando al límite. Nunca la habían tratado así cuando se comportaba como una mocosa malcriada. Y le encantaba cada segundo.

Él la hizo olvidar que había otras personas a su alrededor. Todos estaban concentrados en el espectáculo, pero seguía siendo arriesgado. Lo que la emocionaba aún más. Se derritió por completo en sus brazos. Cuando estaba a punto de alcanzar un orgasmo dichoso, Evan rompió el beso y retiró bruscamente la mano.

—¿Qué caraj—?

—¡Beth! ¿Has visto eso? Se le han caído los calzoncillos al tirarse a la piscina.

Brittney los interrumpió una vez más.

—Eh, sí.—Se aclaró la garganta.—Lo vi.

Beth mintió tratando de recuperar el aliento.

Brittney se rió y volvió con la multitud para animar al hombre, ahora completamente desnudo, que salía del agua.

Se giró para mirar a Evan.

Tenía una mano cubriéndose la boca, apretando sus mejillas con tanta fuerza que se le había enrojecido la piel. Ella le dedicó una tímida sonrisa.

—¿Has venido en coche o a pie?—le preguntó él, y su voz ronca le provocó un escalofrío.

—He venido en coche. ¿Por—?

—Dame las malditas llaves. No puedo soportarlo más.

—¿Y adónde iríamos exactamente?

—A algún lugar donde pueda follarte en paz. Voy a recoger mis cosas y nos vamos. Nos vemos fuera.

CAPÍTULO
Siete

El trayecto fue más corto de lo que Beth esperaba. Silencioso e incómodo. Beth juraría que Evan no parpadeó en todo el camino. Estaba demasiado concentrado en conducir por encima del límite de velocidad. Cuanto más se acercaban a su casa, más se le ponían blancos los nudillos por apretar el volante.

Resultó que Evan vivía a solo unos minutos de la casa de Maisie. Quince minutos como mucho. En cuanto se detuvo, apenas le dio tiempo a Beth a desabrocharse el cinturón. Abrió la puerta de un golpe y prácticamente la sacó del coche a rastras.

La echó sobre su hombro y la llevó arriba, a su habitación. La tiró sobre la cama y cerró la puerta con seguro. Vivía solo, pero se aseguraba de que no los interrumpieran de nuevo.

Esto estaba sucediendo, ya no había vuelta atrás. Beth había jugado sus cartas y esta era la partida.

Su enorme cuerpo se cernía sobre ella. Se inclinó para besarla con tanta desesperación que la hizo reír.

—¿Qué te hace tanta gracia?

—Nada. Es que te comportas como un adolescente a punto de tener su primera vez.

—Bueno, definitivamente no soy un adolescente.

—Y esta no es tu primera vez, ¿verd—?

Él interrumpió sus palabras con un beso ardiente y profundo. Por un momento, ella olvidó lo que iba a decir. Él interrumpió el beso solo para quitarse la camisa, y luego volvió a besarla con más fuerza y pasión que antes. Eso la dejó sin fuerzas. Pero el pensamiento volvió. No era cierto que el pudiese seguir siendo virgen aun. Estaban a punto de terminar la universidad. Seguramente se había acostado con montones de chicas a lo largo de los años.

—Evan, ¿Aun eres—?—se quedó boquiabierta.

En un abrir y cerrar de ojos, él estaba completamente desnudo. Su cuerpo duro y ardiente la excitaba, pero su polla dura y gruesa la hacía mojar. Gruesa y firme solo para ella.

Se subió a la cama con una seducción felina hacia ella. Se tomó su tiempo para desabrocharle la chaqueta hasta abajo y quitarle los pantalones cortos de baloncesto aún más despacio. Sus ojos nunca la dejaron.

Le abrió las piernas y no perdió tiempo en pasar su lengua abierta por su coño mojado. Beth echó la cabeza hacia atrás y dejando salir un suspiro.

—Dios mío—gimió entre respiros.

—Ese no es mi nombre, princesa, pero gracias.

Él reanudó su tarea y se esmeró en chuparle suavemente el clítoris. Oleadas de placer la invadieron a medida que cada lametón recorría su cuerpo. Deslizó un dedo dentro, frotando el punto justo con el ritmo adecuado. Metió un segundo dedo. Ella arqueó la espalda y se cubrió la cara con una almohada para amortiguar sus gritos. Él se la arrebató y la lanzó al otro lado de la habitación.

—Quiero oír cada jodido gemido que hagas mientras te hago venir.

Este hombre era como una droga. Los dulces y placenteros movimientos de sus dedos combinados con su lengua hicieron que Beth se estremeciera. Unas cuantas caricias rápidas y una última lamida la llevaron al límite.

Solo había eyaculado una vez en todos sus años con hombres. Y estaba segura de que nada superaría jamás este orgasmo. Sus piernas temblaban incontrolablemente mientras se corría como nunca antes. No podía reprimir sus gritos de placer y estaba segura de que los vecinos oían todo.

Cuando salió de su éxtasis, se encontró con un Evan empapado que se lamía desde la base de su mano hasta la punta de sus dedos, deslizándolos dentro de su boca saboreándola. Una gran sonrisa se dibujaba en sus labios. Gotas de sus fluidos le corrían por el pecho y los abdominales. Las mejillas de Beth ardían. Intentó cubrirse la cara con las manos, pero no lo consiguió, ya que Evan le agarró las muñecas y se las inmovilizó por encima de la cabeza.

—Maldición, eres tan preciosa cuando te vienes.

La besó ferozmente, con la lengua profunda y caliente. Sus rodillas separaron sus piernas con tanta facilidad que Evan no pudo evitar reírse con orgullo. Frotó su polla suavemente sobre su sensible clítoris. Sin interrumpir el beso, con las manos aún agarrándole firmemente las muñecas.

—¿Tienes idea de como me pones?—su voz ronca y suplicante la excitó aún más.

Deslizó una mano por su pecho, acariciando su delicada piel. Ella gimió en su boca, haciendo que su pene se estremeciera y palpitara.

—Me estás volviendo loco—gimió en sus labios.

Interrumpió el beso para prestar especial atención a su otro pecho con la boca. Todo lo que estaba haciendo estaba provocándole otro orgasmo, y ni siquiera se la había metido todavía. Su respiración se volvió irregular, sus gemidos más fuertes mientras se retorcía debajo de él, levantando las caderas para rozar su coño contra su polla dura y gruesa.

Ese fue el punto de ruptura de Evan. Con una rápida embestida, se hundió profundamente en su húmedo y cremoso coño. La repentina estrechez alrededor de su pene hizo que sus testículos se contrajeran. No pudo evitar inhalar aire entre dientes cuando su interior envolvió perfectamente su pene. Su mente se quedó en blanco por el placer. No tardaría mucho en correrse si ella seguía moviendo las caderas así.

A ella le encantaba cómo se sentía su pene en lo más profundo. Sus cuerpos unidos generaban tanto calor que ambos comenzaron a sudar.

—Me acoges tan bien, princesa—murmuró entre jadeos entrecortados.

Ambos siguieron el ritmo del otro. Sus embestidas se hicieron más profundas y fuertes. Los gemidos de Beth se convirtieron en gritos cuando su pene la estimuló por dentro en todos los lugares correctos. Todo el placer se concentró ahora en su clítoris. Esa deliciosa sensación se satisfacía tan bien que las lágrimas le resbalaban lentamente por las mejillas.

—Buena chica, tómame todo—gimió sin aliento en su oído.

Beth no tardó mucho en alcanzar otro orgasmo alucinante. Sus fuertes gemidos hicieron que la polla de Evan latiera, mientras las ondas de choque le recorrían la columna vertebral. Su cuerpo se convulsionó bajo él mientras ella cabalgaba ola tras ola de puro placer. Eso fue su perdición.

Se retiró y se sumergió para untar su lengua sobre su clítoris. Saboreando cada chorro. Evan la puso a cuatro patas, sin perder tiempo, clavándose profundamente en su coño aún espasmódico. Cada embestida acercaba a Evan a su venida.

Su resistencia se puso a prueba cuando los gemidos de Beth se intensificaron al darle una palmada en el trasero lo suficientemente fuerte como para dejar la huella de su mano en su delicada piel. Le besó la espalda y le mordisqueó los hombros. Sus embestidas se hicieron más fuertes y rápidas mientras la agarraba por el cuello y le presionaba la mejilla contra la suya.

—Me vas a hacer venir como nunca—le gruñó al oído.

Ella echó las caderas hacia atrás, adaptándose aún más a su ritmo. Él le agarró la cara y le dio un beso ardiente en los labios.

—Maldición—gimió contra su boca.

En unas cuantas embestidas rápidas, su orgasmo llegó en fuertes oleadas de placer. Un rugido salvaje brotó de su pecho mientras vaciaba sus testículos profundamente dentro de ella. Se corrió tanto que ella pudo sentir el semen caliente y espeso rezumando.

Ambos estaban agotados. Evan cayó sobre su espalda dejándola sin aliento. Pero a ella le encantaba sentir su peso sobre ella. Le acarició el cabello con los dedos.

—Deja de hacer eso. Me vas a dar sueño —le dijo él con voz perezosa al oído, haciéndola reír.

—Entonces deberías levantarte. Me estás aplastando.

Él le dio un beso cariñoso en el hombro y se dejó caer sobre la cama. Ambos se sumergieron en un sueño profundo.

CAPÍTULO
Ocho

La mañana se deslizó lentamente. Confusa y un poco aturdida, a Beth le costó darse cuenta de dónde estaba. Estiró el cuerpo, frotándolo contra las sábanas sedosas y suaves. Su peso la hundió en el colchón más blando en el que jamás se había acostado. Claramente, aquella no era su cama.

Estiró los brazos y sus dedos rozaron el enorme cuerpo que había probado la noche anterior. Estaba profundamente dormido. Se quedó mirándolo, perdida en la belleza de un hombre tan tranquilo y, sin embargo, tan feroz. Sus ojos se desplazaron hacia algo que estaba completamente despierto.

El inesperado invitado bajo las sábanas le provocó a Beth una serie de pensamientos obscenos. Podía escabullirse, irse a casa y dejarlo allí como un ligue de una noche. Pero su cuerpo duro y tonificado le hacía difícil dejarlo sin tocar.

Una prueba más no me haría daño.

Ya estaba allí, ¿por qué no disfrutar de un delicioso postre servido solo para ella? Además, Evan no podría rechazar otra ronda con ella después de cómo la había deseado la noche anterior, más de una vez.

Beth deslizó suavemente las sábanas, dejando al descubierto su erección. No podía creer lo que veían sus ojos. Su erección matutina era aún más gruesa y dura que la noche anterior. Se mordió el labio mientras lo saboreaba con anticipación. Acarició su pecho y le arañó levemente sus abdominales con las uñas. Él no se despertó, solo tuvo un pequeño espasmo en el cuerpo.

Con toda la delicadeza que pudo, Beth se sentó a horcajadas sobre sus caderas. Sin mucha prisa introdujo su pene dentro de su ya húmeda vagina. Sus caderas comenzaron a moverse por sí solas. Círculos lentos y torturadores que hacían que su pene rozara cada rincón de su vagina. Se sentía tan bien que Beth sintió que su autocontrol se esfumaba. Realmente no sabía qué se había apoderado de ella. Nunca había hecho algo así antes.

Cerró los ojos mientras echaba la cabeza hacia atrás, saboreando cada segundo de su glorioso miembro enfundado profundamente dentro de ella. Sin darse cuenta, sus uñas se clavaron en su piel, dejando ligeras marcas rosadas a lo largo del camino. Se atrevió a mirarlo.

Tenía la cabeza echada hacia atrás, hundida en la almohada, y los ojos cerrados. Su boca se abrió como si quisiera gemir, pero no pudiera. Sus manos se enredaron en su cabello. Intentando resistir el impulso de follarla como quería y llegar en ella.

El control que tenía sobre él en ese momento le hacía sentir el coño caliente y húmedo. Haciendo que se moviera con más vigor que antes. Ella movía las caderas hacia arriba y hacia abajo lentamente y luego rápidamente hacia atrás y hacia delante y en círculos. Provocando su propio placer.

Se volvió imposible aguantar más. Lo único que quería era dejar que ella cabalgara hasta el desdén de su corazón. Estar profundamente dentro de su punto caliente y húmedo lo hacía imposible. Se sentía demasiado bien. Agarró sus caderas y la embistió con fuerza. Empujada tras empujada, cada vez más profunda. Llevando a Beth al límite. Sus gemidos hicieron que la polla de Evan palpitara, enviando sacudidas a sus testículos. Ambos siguieron el ritmo del otro. Sus respiraciones se volvieron entrecortadas.

Evan hundió los dedos en su delicada piel y la penetró rápida y fuertemente. Todos los músculos de su cuerpo se tensaron. Echó la cabeza hacia atrás y rugió mientras se corría profundamente dentro de Beth. Lo que solo provocó su propio orgasmo devastador. Cada onda expansiva hacía que sus gritos fueran más fuertes. Se tocó aún más, derramándose sobre la polla de Evan, empapándola aún más.

Ella se desplomó sobre su pecho, sintiendo su cálido abrazo sobre su espalda. Su grueso y erecto miembro aún dentro de ella se sentía maravillosa. Un suave beso en su frente la hizo sonreír.

—Bueno, buenos días a ti también, princesa—dijo él entre risas.

Beth apenas podía mantener los ojos abiertos. Se las arregló para levantar la vista y mirarlo a los ojos.

—Juro que esto no es una costumbre mía—le arañó la mandíbula con las uñas.

—Joder, qué pena. Me encantaría que me despertaran así todos los días—dijo él, acariciándole la oreja con la nariz.

Ella se rió contra su pecho.

Para su sorpresa, él ya se estaba excitando de nuevo. Ella lo miró con los ojos muy abiertos.

—Eso tampoco es una costumbre mía—dijo él con una sonrisa diabólica en los labios.

—Es una lástima. Me encantaría que fuera así todos los días—dijo ella, dándole un ligero beso en los labios.

Los latidos de su pene indicaban su nueva excitación. Beth sonrió mordiéndose el labio. Se incorporó de nuevo hasta quedar sentada.

No estaba segura de cuántas veces habían tenido sexo después de eso, pero estaba bastante segura de que era la hora de cenar cuando se despertaron.

CAPÍTULO
Nueve

Se habían saltado tanto el desayuno como la comida. Evan se había despertado antes que ella y había hecho magia en la cocina. El olor de algo delicioso la despertó. Evan estaba en la cocina, sirviendo la comida después del sexo.

Terminaron de comer más rápido de lo que debían. Beth sentía como si no hubiera comido en mucho tiempo, ya que todo estaba tan delicioso. Su estómago necesitaría otra ronda de comida después de que Evan la hubiera vuelto a follar encima de la encimera.

Mientras Evan lavaba los platos, Beth se sentó en la isla detrás de él.

—Ahora que ya no puedes callarme con tus embestidas, quería preguntarte algo. —Apoyó los codos en la encimera y se sujetó la barbilla con el dorso de las manos. —Anoche, ¿fue tu primera vez?

Evan soltó una risa entrecortada.

—¿Cambia eso algo?—preguntó mirando por encima del hombro.

—En realidad, no. Solo tengo curiosidad.

—¿Por qué? ¿Es tan difícil de creer?

—Evan, vamos.—Ella ladeó la cabeza hacia un lado.

—¿Qué?—preguntó él con un poco más de exasperación de la que quería mostrar.

—¿De verdad vas a obligarme a decirlo? —Beth dejó que todo el peso de su cuerpo descansara sobre el respaldo del taburete.

—Sí, porque no lo entiendo—Él se dio la vuelta y se secó las manos con un trapo. Se apoyó la espalda en el borde del fregadero.

Ella exhaló un suspiro de frustración.

—Evan...eres un chico guapo. Y tienes unos atributos muy gran...buenos.

—¿Y qué quieres decir con eso?—cruzó los brazos sobre el pecho.

—Lo que quiero decir es que la mayoría de los hombres no dejarían que esas cosas se desperdiciaran durante tanto tiempo.

—¿Quién ha dicho que los dejara desperdiciar? —La mirada sensual de su rostro hizo sonrojar a Beth.

—Admite que estás mintiendo, Presley.

Evan miró a Beth fijamente, con intensidad y durante un buen rato. Como si estuviera pensando qué decir.

—Está bien. Estoy mintiendo. No fuiste la primera. ¿Ya estás contenta?

—Sí.—Beth sonrió con orgullo.

Pero algo en lo más profundo de su ser le decía que él solo lo había dicho para complacerla y terminar la conversación.

—Bueno, supongo que ahora intercambiaremos números para...mantenernos en contacto.—afirmó, mordiéndose la punta del pulgar.

—Sería una idea estupenda. Excepto que no tengo teléfono y probablemente no tendré uno durante mucho tiempo

—¿Y por qué no?

—Se me cayó cuando fui a casa de Maisie y se rompió. Ahora mismo no tengo dinero para reemplazarlo, así que.—dijo encogiéndose de hombros.

—Entonces te compraré uno nuevo.

Beth se rió más de lo que pretendía. Evan no.

—Lo dices en serio.

—¿Por qué no lo diría en serio?

—Porque, Evan, la idea de que mi ligue de una noche me compre un teléfono nuevo es ridícula.

Él frunció el ceño al oír la última parte.

—¿Es eso lo que soy para ti?

—*¿No* es eso lo que soy *yo* para ti?.

—No, Beth. No lo eres.

La ira en su tono la confundió. Beth se quedó allí sentada, atónita. ¿Hablaba en serio? Aunque ella le hubiera dejado, ¿por qué iba a hacer algo así? Ya habían tenido sexo. No tenía necesidad de hacer cosas así por ella. Quizás quería algo más que sexo. La idea de una nueva relación seria aterrorizaba a Beth.

Aún no estaba preparada para un nuevo compromiso. Su última ruptura había sido la más dura que había tenido en años y no estaba preparada para volver a pasar por otro desengaño amoroso.

—Evan… es muy amable de tu parte. Pero no puedo dejarte hacer eso. Si esperas algo más de esto, lo siento, pero no va a suceder. Además, no funcionaría entre nosotros.

—Dame una buena razón por la que no funcionaría entre nosotros y te dejaré en paz, sin hacer preguntas. —Apoyó los brazos sobre la encimera, peligrosamente cerca de ella.

—Bueno, para empezar, eres un gran mentiroso.

—Esa es tu opinión, no un hecho. Además, no es una buena razón.

Beth intentó con desesperación pensar en algo. Pero la realidad era que él era perfecto. Odiaba admitirlo, pero todo en él era malditamente perfecto. El idiota que había visto todos estos años había desaparecido por completo. En su lugar había un hombre dulce y cariñoso que le daría todo lo que quisiera. Incluyendo un nuevo teléfono.

—¡Yo... tengo novio! —soltó de repente.

¡Bien hecho, Beth! ¿De verdad es lo mejor que se te ocurre?

Él rodeó la encimera, se detuvo frente a ella, se inclinó y sus bocas se rozaron. Ella entreabrió los labios con expectación.

—Si lo tienes, has hecho un muy buen trabajo olvidándote de él durante las últimas horas. Ni una sola vez has gritado su nombre —le dio un beso ardiente y profundo en los labios.

—Pero sin duda has gritado el mío más de una vez.

La vibración de su voz y esa sonrisa felina en su boca hicieron que su cuerpo temblara. Se derritió por completo bajo su tacto. Beth se obligó a alejarse de él. No podía pensar con claridad con su lengua profundamente dentro de su boca.

—Al menos déjame pagar la reparación de la pantalla— negoció él.

Ella lo pensó un momento. En realidad, era razonable.

—Si te dejo hacerlo, quiero que quede claro que no te debo nada. Ni siquiera sexo.

Una sonrisa diabólica se dibujó en sus labios.

—Por supuesto, princesa.

Era extraño dejar su teléfono en manos de Evan. Aún más loco era dejar que él pagara para arreglarlo. Pero era infinitamente mejor que tener que llamar a su papá y pedirle más dinero o, peor aún, un teléfono nuevo.

No era que se estuviera aprovechando de Evan, después de todo, fue él quien se lo ofreció. Aun así, no podía evitar sentir que dejarle hacerle este favor le iba a costar mucho más de lo que pensaba.

CAPÍTULO

Diez

Tras meses buscando trabajo en el campus, Beth finalmente consiguió un empleo a tiempo parcial en uno de los puestos de café cerca de la cancha de baloncesto, justo en el centro del campus. No era mucho, pero era suficiente para no tener que pedirle a su papá más dinero para gastos. Tres días a la semana, solo cuatro horas, era muy conveniente para ella. Se preocuparía por los horarios de clases cuando llegara el momento.

En cuanto llegó a la puerta de su casa, un paquete en el suelo le llamó la atención.

Debe de ser para otro estudiante, yo no he pedido nada.

No tenía dirección postal. Solo su nombre escrito con marcador en la caja. Su corazón casi se detuvo cuando abrió la caja. Era su antiguo teléfono con la pantalla arreglada. Debajo había otra caja.

Oh, maldito...

Un teléfono nuevo. Beth estaba segura de que lo mataría la próxima vez que lo viera. O no era muy bueno siguiendo instrucciones, o simplemente no le importaba. Dentro de la caja había una nota que decía:

Lo siento, no pude evitarlo. Si tienes algo que decir, aquí está mi número de teléfono.

PD: Le pregunté a tu amiga y finalmente encontré dónde venden tu perfume.

Revolvió el papel de seda debajo de la caja del teléfono y allí estaba. Un frasco de su perfume favorito. Y no el pequeño con el que siempre ahorraba dinero. Era el frasco más grande que había.

Ese bastardo no solo le había arreglado su viejo teléfono. Se había gastado Dios sabe cuánto en uno nuevo y en un frasco de perfume. Ella sabía que no era barato. Le devolvería hasta el último centavo, aunque tuviera que buscar otro trabajo y pedirle dinero a su papá. No perdió más tiempo y le envió un mensaje de texto a Evan.

Beth: ¿Cuánto te debo?

Evan: ¿Una cita, tal vez?

Su respuesta llegó más rápido de lo que esperaba. Como si ya tuviera el teléfono en la mano.

Beth: Lo digo en serio, Evan.
¿Por qué hiciste lo contrario de lo que te dije?
¿Sabes que eres un idiota, verdad?

Evan: ¿Qué puedo decir? Soy un idiota desobediente.

Beth: ¿Dónde estás?
Te voy a devolver el teléfono.

Evan: Si te digo dónde encontrarme.
¿Saldrás conmigo?

Beth: Evan, solo dime dónde estás para que pueda olvidarme de ti y seguir con mi vida.

Evan: Eso va a ser difícil preciosa, teniendo en cuenta que probablemente todavía tengas un poco de mí desde ayer. Estoy seguro de que te di suficiente para que te durara unos días.

Este hombre era insufrible y un maldito pervertido. Pero tenía razón, iba a ser difícil olvidar todo lo que hicieron en solo unos días.

El calor de su tacto aún perduraba en su piel. Un fuego ardía entre sus piernas cada vez que recordaba cómo se adentraba profundamente en ella con desesperación. El recuerdo de su voz vibrando contra su oído le hacía erizar la piel.

Pero no podía dejar que ese imbécil ganara. Dos podían jugar a ese juego.

Beth: He tenido mejores y más inolvidables.

Beth esperó su respuesta. El globo de escritura debió de aparecer y desaparecer una docena de veces. Como si estuviera escribiendo y borrando inmediatamente lo que escribía.

Evan: Estoy en mi casa...

Beth agarró sus cosas y, cuando estaba a punto de salir, se le ocurrió una idea retorcida. A él le encantaba jugar con la mente, así que ella decidió igualar el campo de batalla. Volvió a entrar, se cambió de ropa y se puso un vestido holgado con un escote lo suficientemente pronunciado como para dejarlo boquiabierto. Beth casi nunca lo usaba. Si se agachaba un poco, se le veía todo lo que llevaba debajo. Era el arma perfecta para ese imbécil.

Siguiendo esa idea, decidió no ponerse ropa interior. Por último, se roció con el perfume que él le había comprado.

Hoy vas a aprender. Yo también soy desobediente a mi manera retorcida.

Beth llegó a la casa de Evan. Dudó un momento antes de salir del coche. Él estaba sin camisa y mojado. Cubierto de jabón y sudor. De todos los días, tenía que ser hoy, cuando convenientemente decidió lavar su coche.

Está bien, Bethany. Dale el teléfono, regáñalo un poco y regresa a casa. No te quedes más tiempo del necesario.

Se tranquilizó a sí misma antes de salir del coche. En cuanto entró en el camino de entrada, Evan dejó lo que estaba haciendo. La mirada hambrienta de su rostro le provocó un escalofrío. Ya era demasiado tarde para dar marcha atrás.

Evan estaba seguro de que tenía el control de su propio juego. En ese mismo instante se dio cuenta de que había fracasado en su intento de irritar a Beth. En cambio, era él quien estaba en apuros. Ese estúpido mensaje que ella le había enviado le había hecho perder la cabeza.

Tenía un plan muy claro en su cabeza. Era el día perfecto para lavar su coche y el momento perfecto para estar fuera mojado y sin camisa.

Lo que no había planeado era que Beth apareciera con el vestido más revelador y seductor que jamás había usado. Sus pechos se veían increíbles. Era evidente que se había olvidado de ponerse un sostén debajo.

No, creo que fue completamente intencionado. ¿Verdad?

Normalmente, su aroma lo volvía loco, pero hoy lo tenía a punto de colapso mental. Parecía que se había echado todo el frasco encima. Ese maldito y delicioso aroma llevó a Evan al límite.

Se secó las manos con un trapo, embobado. Bethany era una visión y no podía evitar mirarla con lujuria y asombro.

—¿Normalmente te excita hacer lo contrario de lo que te dice la gente? —ella empujó la caja contra su pecho obligándolo a agarrarla.

—No. Normalmente me excita la imagen de una muñeca enfadada de metro y medio que me da órdenes.

Ella cruzó los brazos sobre el pecho e inclinó el peso de su cuerpo hacia un lado.

—Te crees muy gracioso.

—A veces —sonrió con orgullo, mostrando sus hermosos hoyuelos.

—Escúchame con atención, Presley. Aceptaré mi viejo teléfono y el frasco de perfume porque son dos cosas que necesito. Pero nada más, y quiero decir nada más. ¿Me he explicado bien? —preguntó, señalándolo con el dedo.

Evan no pudo contener la sonrisa divertida que se dibujó en sus labios. Cualquier otro hombre en su sano juicio la habría escuchado. Quizás habría intentado cortejarla de forma un poco menos agresiva. Pero él estaba loco. La forma en que ella le daba órdenes le hacía estremecer la polla. Le encantaba jugar con ella.

—¿Qué vas a hacer si sigo enviándote regalos?

—Te ignoraré hasta que te rindas.

Él soltó una risa sexy y entrecortada.

—Ni lo sueñes, princesa —ronroneó.

—Evan, basta. Te dije que no quería tener nada más que ver contigo. Fue divertido, pero eso fue todo. No más.

Por alguna razón, eso hizo que a Evan le hirviera la sangre. Un destello de ira brilló en sus ojos.

—Te diré algo. Llévate el teléfono, si no te gusta, te daré el recibo y podrás devolverlo a la tienda y quedarte con el dinero—le dijo con una media sonrisa.

Beth lo pensó un momento. Con lo que le había costado el teléfono, estaría cómoda durante al menos un mes, hasta que su nuevo trabajo empezara a dar buenos ingresos. No podía evitar sentir que seguía siendo una trampa.

—Si acepto, ¿me dejarás en paz?

—¿Es eso lo que quieres?

Beth debería haber respondido de inmediato, pero se tomó un segundo demasiado largo para considerar sus opciones.

—Sí.

Él aspiró aire entre dientes.

—Ha sido un sí muy pensado. No estoy seguro de que sea realmente lo que quieres, Bethany.

—Solo dame el recibo y el maldito teléfono para que pueda volver a mi vida normal sin ti.

La expresión juguetona en el rostro de Evan debería haber sido suficiente para que Beth reconsiderara su decisión y se marchara. Pero en su retorcida forma de ser, sentía curiosidad por saber qué pasaría a continuación.

—El recibo está en mi casa. Entra.

—¿No puedes ir a buscarlo?

—Es lo mismo que con la chaqueta, Bethany. No voy a entrar solo.

Beth sabía que no debía entrar. Pero, una vez más, esa maldita curiosidad retorcida. La idea de que él se burlara de ella le quemaba algo feroz en lo más profundo de su ser. Todos los nervios de su cerebro la instaban a marcharse. Pero su cuerpo se movió por sí solo hacia el interior de la casa.

Beth se quedó boquiabierta al ver el interior de su casa a plena luz del día. No era la típica vivienda de estudiante. Era un apartamento amueblado muy normal en las afueras. Un apartamento muy caro, para ser exactos.

Toda la casa estaba impecable. Los muebles estaban casi como nuevos. Sin usar. Como si pasara la mayor parte del tiempo fuera y apenas viviera en este inmueble señuelo. No era en absoluto lo que ella esperaba.

Buscó en el piso algo que estuviera fuera de lugar. Al menos una lata de cerveza o dos tiradas por ahí para saber que era un cerdo como el resto. Ropa sucia en el piso, muebles raídos, cualquier cosa. Pero no había absolutamente nada, ni siquiera una mota de polvo encima de nada. Era la casa de un hombre maduro. Beth cuestionó todo lo que creía saber sobre Evan.

Un momento después, él regresó con el recibo en la mano. Le devolvió la caja y le entregó el recibo. Antes de que ella pudiera agarrarlo, él se lo arrebató de la mano. Lo agitó sobre su cabeza.

—Si lo quieres, puedes quedártelo—dijo en tono juguetón.

—Evan, deja de comportarte como un niño y dame el maldito recibo—exigió Beth.

—Te lo he dado. Está aquí arriba. Tómalo—dijo mientras lo agitaba de nuevo sobre ella.

Ella saltó, tratando de arrebatárselo, pero no lo consiguió.

—Tienes que ser más rápida. Inténtalo de nuevo—se burló él.

Esto le estaba poniendo los nervios de punta. Debería darse la vuelta y dejarlo allí. Pero su lado competitivo no podía permitir que él ganara.

Intentó saltar más alto otra vez. Esta vez, se encontró atrapada en sus brazos. Él utilizó su mano libre para apretarla contra su cuerpo. Ella se derritió involuntariamente en sus brazos mientras él le daba un beso lento y ardiente en los labios. Ella respondió, profundizando el beso, entrelazando juguetonamente su lengua con la de él.

Su mano se deslizó desde la parte baja de su espalda hasta su trasero. La suave caricia le provocó una chispa entre sus piernas. Él bajó la mano aún más, bajo su vestido. Sus dedos encontraron la suave piel desnuda que había debajo. Él sonrió contra sus labios, dejando escapar una risa entrecortada por la nariz.

—Lo sabía, maldita sea—murmuró en su boca.

Ella rompió el beso y rápidamente le arrebató el papel de la mano. Cogió también la caja y empezó a caminar hacia atrás, hacia la puerta principal.

—Déjame en paz, Presley—dijo ella en tono juguetón.

—Ni lo sueñes, Harper.

El sabor persistente de ella en su boca y el recuerdo de su piel desnuda bajo su tacto hicieron que su pene se estremeciera.

El vestido, el perfume, la falta de ropa interior, todo estaba premeditado. Ella sabía lo que estaba haciendo y funcionó, maldita sea.

Ella pidió que la dejaran en paz, y eso era lo último que Evan iba a hacer.

La deseaba de una forma que nunca hubiera creído posible. Lo quería todo, no solo el sexo. Evan quería que esa mujer fuera completamente suya y estaba seguro de que la tendría.

CAPÍTULO
Once

Cada día durante las últimas dos semanas, como un reloj, Beth encontraba regalos esperándola en la puerta de su apartamento. Flores, ropa, joyas e incluso lencería. Esta última la abrió hoy. Venía con una nota dentro de un sobre que decía:

Para cuando decidas honrarme con esa cita.

Beth, obviamente, no iba a caer en trucos baratos de cortejo. O al menos intentaba no hacerlo. Cada regalo tenía un pensamiento entrañable detrás. Ya fuera una estrategia o simplemente su forma de ser, Beth tenía que admitir que Evan Presley era muy buen oyente. La idea de que él fuera material para novio se le había pasado por la cabeza demasiadas veces y eso la aterrorizaba.

No se le escapaba ni un solo detalle después de las muchas conversaciones que habían tenido por teléfono a medianoche.

¿Debería darle esa cita?

Pensó Beth mientras jugueteaba con la caja de parches de lidocaína que Evan le había regalado. Ella lo había mencionado una vez. Las cuatro horas que pasaba en la cafetería tres veces por semana le habían dejado la espalda destrozada. De todos los regalos románticos cursis que él le había enviado, ese hizo que Beth se replanteara su acuerdo.

Sin sexo, sin interacciones físicas, sin más regalos. Eso fue lo que Beth le dijo a Evan el último día que se vieron, a través de un mensaje de texto. Él aceptó las dos primeras condiciones, pero ignoró por completo la tercera.

Todos los días que ella trabajaba, él iba y se sentaba unos minutos en una de las mesas de la cafetería. Beth sabía que, obviamente, la estaba acosando. Pero cada mirada entre ellos era emocionante. El deseo en su mirada siempre había sido evidente. Pero ahora era rabioso. Cualquier roce de piel con piel seguramente los volvería locos a ambos.

Ella sabía lo mucho que le afectaba y disfrutaba cada segundo.

Beth: ¿Conoces algún buen restaurante cerca del campus?

Evan: La verdad es que sí. ¿Eso significa que tenemos una cita?

Beth: Depende. ¿Vas a tener autocontrol?

Evan: Soy el rey del autocontrol.

Beth: ¿Me recoges a las siete?

Evan: Ni un minuto más tarde.

El rey del autocontrol, había dicho.

Eso aún está por verse, Presley.

Beth juraba que tenía un bonito vestido guardado en algún lugar de su armario. No podía ser ni demasiado atrevido ni demasiado recatado. Seguro que tenía algo que gritara 'dama elegante'. Solo le quedaba una última opción.

—Era el único que encontré que pensé que te quedaría bien, cariño.

—Es perfecto, Britt. Mejor que cualquier cosa que tenga por ahí.

Britt le prestó un vestido negro de seda con tirantes finos y una abertura lateral que dejaba ver lo justo del muslo para resultar más seductor que provocativo.

Normalmente, Beth se recogía el cabello en una cola de caballo o en un moño desordenado. Pero hoy era necesario que llevara el cabello suelto. Sacó la lencería que Evan le había regalado. Britt se quedó sin aliento al verla.

—¡Bethany Harper! ¿Qué es eso? Este hombre está haciendo maravillas por ti.

—Cállate, Britt. Creo que me lo ha enviado como una especie de broma. No sabe que esta noche lo voy a llevar puesto como arma —le guiñó un ojo a Britt con coquetería.

—¿Lo ha elegido él mismo?

—Espero que sí.

—Eso significa que ya te imaginó con eso puesto. Si lo usas, debes estar preparada para las consecuencias, querida.

—No soy yo quien va a tener problemas, no te preocupes.

—Solo lo digo. Britt levantó las manos en señal de rendición.

—Bueno, tengo que irme, cariño. Las chicas y yo vamos a salir de fiesta esta noche—canturreó, moviendo los hombros y besando a Beth en la mejilla.

—Diviértete.

—Tú también, cariño, pero no demasiado—dijo señalando a Beth con un regaño bromeado.

Beth terminó de vestirse un poco antes de lo previsto. Su impaciencia la hizo moverse más rápido de lo que pretendía. A medida que el reloj marcaba los minutos, sentía un nudo en el estómago y le sudaban las manos como una cascada.

Cuando el reloj marcó las siete menos uno, empezó a dar vueltas por la sala de estar.

¿Por qué estoy tan nerviosa? Solo es una cita.

Cuando regresó, el claxon de un coche la sobresaltó.

Las siete en punto. Bueno, al menos sabía que él era puntual.

Abrió la puerta y se quedó paralizada en medio del umbral. Evan estaba apoyado en su coche con las manos en los bolsillos. Era un sueño hecho realidad.

Ella lo estudió de arriba abajo mientras se acercaba a él. Llevaba una camisa negra abotonada que no se molestó en abrocharse hasta arriba, dejando al descubierto su pecho. La combinaba con unos pantalones de traje negros lo suficientemente ajustados como para ver su bendición. Su cuerpo se calentó al imaginarse arrodillada ante él.

Cuanto más se acercaba, más denso se sentía el aire. Su mirada hambrienta se posó en ella. La desnudó de pies a cabeza.

Evan se quedó sin aliento. Nunca la había imaginado con un vestido tan sexy como ese. Se ceñía a cada curva en los lugares adecuados. Sus pechos se veían impresionantes. Su precioso cabello, que le caía por la espalda, le daba un toque de elegancia que le hizo saltar el corazón.

—Te ves muy bien, Presley —se burló Beth.

Evan se esforzó por encontrar una respuesta ingeniosa, pero se estaba dejando llevar por esos grandes y hermosos ojos, esos labios suaves y ese maldito perfume a melocotón que lo volvía loco.

—Estás... impresionante —logró decir Evan, depositando un suave beso en el dorso de su mano. —Una hermosa —le dio otro beso—, perfecta —un tercer beso—, obra de arte. El último beso le provocó un escalofrío en los pezones.

Un delicioso y lento beso, seguido de un suave chasquido, vibró desde su mano hasta lo más profundo de su ser.

Él quería darle una muestra de lo que sería besar sus labios. Y funcionó de maravilla. Las mejillas de Beth ardían y su corazón se derritió con sus palabras.

—Tú también estás guapo—dijo ella juguetonamente con la barbilla apoyada en el hombro.

—¿No lo estoy siempre?—la atrajo hacia él, colocándole un mechón de pelo detrás de la oreja y admirando su belleza. Su mirada recorrió un camino desde sus labios hasta su cuello.

—Cállate. ¿Vas a llevarme a esa cita o no? —ella lo empujó y cruzó los brazos.

—Solo queda una cosita antes de irnos.

Evan sacó una pequeña caja de su bolsillo. De ella sacó un fino collar de oro.

—No pretendía que lo llevaras puesto esta noche, pero creo que será la última pieza que complemente la hermosa obra de Dios.

Beth se dio la vuelta y se echó el pelo hacia un lado. Evan le colocó el collar alrededor del cuello. Una pequeña aspiración de aire entre dientes seguida de un suave beso en su hombro desnudo le recorrió el cuerpo como un rayo y le puso la piel de gallina.

Él sabía exactamente qué botones pulsar. Beth no iba a caer en este juego otra vez. Si él quería jugar, iba a ser por las malas.

—Celestial—le susurró al oído.

Beth tocó el collar y se pasó los dedos por el pecho de forma provocativa.

—Al menos así se desvía la atención de estos.

Evan volvió a inhalar profundamente.

—No, no es así. Solo hace que sean aún más deliciosos a la vista.

Ella presionó su cuerpo contra el de él, rozando su palma abierta sobre su pecho desnudo. Sus labios rozando su barbilla.

—Cuidado, Presley. Puede que esta noche te deje dar un mordisco a mi dulce manjar.

Evan contuvo el aliento. Se mordió el labio mientras echaba los ojos hacia atrás. Sus manos se cerraron en puños dentro de los bolsillos. Las últimas semanas las había pasado fantaseando con ella de todas las formas posibles. El calor de su cuerpo contra el suyo, su aliento en la barbilla y el toque punzante de su mano en el pecho despertaron el impulso primario de cargarla sobre los hombros, llevarla a la casa y hacerle el amor toda la noche hasta quedar exhausto y seco.

Pero había hecho una promesa. En realidad no, era más bien una orden autoimpuesta de comportarse. Estaba en sus manos darle permiso para tocarla. Y aunque ella lo estaba provocando, aún no era una luz verde.

Evan soltó una risa entrecortada. Besó la mano que tenía sobre su pecho y se dispuso a abrir la puerta del coche. Instó a Beth a entrar mientras la ayudaba a mantener el equilibrio, con la mano aún sobre la de ella.

Sus ojos se clavaron en las dulces curvas de su trasero mientras ella se sentaba en el asiento del copiloto. Cerró la puerta y lanzó su cabeza hacia atrás, respirando el aroma de su perfume. Era veneno para su autocontrol.

Evan había hecho una reserva en uno de los restaurantes más elegantes de la ciudad. Su padre conocía al dueño, por lo que no fue difícil conseguir mesa para Beth y él. Pagó al aparcacoches y acompañó a Beth al interior.

Era como si nunca hubiera estado en un lugar como ese. Todo era nuevo y maravilloso para ella. Incluso le sorprendió la calidad de los cubiertos. Era casi adorable.

Evan le dejó muy claro que podía pedir lo que quisiera sin preocuparse. Y así lo hizo. Beth debió pedir uno de cada plato solo para probar toda la deliciosa comida del restaurante.

Aun así, no fue suficiente para saciarla. Las raciones eran muy pequeñas, y todo lo compartieron entre Evan y ella. Quizá esta sería la última oportunidad que tendría de comer una comida tan cara como esta, y la aprovechó al máximo.

La comida era increíble, al igual que el vino. Había bebido lo suficiente como para volverse peligrosamente atrevida. Pero aún estaba lo suficientemente sobria como para saber lo que hacía.

—¿Qué tal te va el trabajo? —preguntó Evan, dando un sorbo lento a su copa de vino.

—Tú deberías saberlo. Te has pasado casi todos los turnos espiándome —ella imitó su forma de beber con una sonrisa.

—Yo no lo llamaría espiar. Era más bien como cuidar mi premio —Evan le dedicó una leve sonrisa burlona.

—Sabes, hay una delgada línea entre eso y el acoso.

—Yo no acoso princesa, yo cazo —ronroneó él.

Tomó otro sorbo de vino, sin apartar los ojos de ella. No mentía. Cazaba. La emoción de la caza hacía que su polla se estremeciera con anticipación. Si no pasaba nada entre ellos esa noche, seguramente abusaría de si mismo pensando en ella. Era lo único en lo que podía pensar en ese momento.

Beth se quitó uno de los tacones y le rozó la pierna provocativamente bajo la mesa.

—Tranquilízate, tigre. Me estás haciendo temblar de miedo—ronroneó ella en tono burlón.

Evan se pasó lentamente la lengua por el labio inferior y se movió en su asiento para aliviar la erección palpitante que le presionaba los pantalones. Se inclinó hacia adelante, con los codos sobre la mesa. Se cubrió la boca con las manos. El hambre voraz de su mirada hizo que Beth se mojara.

—Cuidado, ratoncita, o acabarás en mis garras. Si sigues jugando con mi control de esa manera, no me haré responsable de mis actos—dijo con voz grave y ronca.

—Haz tu jugada, gatito—lo desafió ella.

Beth deslizó los pies entre sus muslos. Sus dedos recorrieron su erección de arriba abajo. Él soltó un gruñido que vibró a través del cuerpo de Beth. Una ola de excitación se apoderó de su núcleo caliente y resbaladizo.

Evan llamó al mesero y pidió la cuenta. En ese momento, su cuerpo temblaba de excitación. Pero no iba a dejar que ella ganara tan fácilmente. Después de la comida, tomaron un helado y dieron un pequeño paseo por un parque cercano. Incluso el más mínimo roce de sus pieles lo encendía. Pensó que esas pequeñas distracciones calmarían su deseo por ella. Pero vaya si se equivocaba.

Cada segundo que ella estaba cerca, su mente se veía envuelta en un caos. Lo único que Evan quería era poseerla allí mismo. Incluso si había gente alrededor. Se estaba volviendo loco, sin duda alguna.

De vuelta en su apartamento, la tensión entre ellos era más intensa que nunca. Si ella no le daba ninguna señal de intimidad más allá de un beso esa noche, él iba a perder el control.

—Ha estado bien la cita. Me lo he pasado muy bien—insinuó Beth con alegría.

—Me alegro de que aceptaras la cita—le aseguró Evan.

Beth esperaba que Evan diera el paso. Estaba más que dispuesta a darle rienda suelta. Pero no quería ser ella quien lo admitiera. Era obvio que él también estaba luchando contra sus propios frenos.

—Bueno, creo que me voy a ir ya —dijo mientras se jugueteaba con los dedos. —Buenas noches, Evan. Gracias por el collar.

—Me honras al usarlo. No hay necesidad de darme las gracias.

Una vez más, esperó a que él hiciera algún movimiento. Nada. De todas las veces que le había robado un beso. Su cuerpo ansiaba su tacto, solo un roce de piel con piel. Él no hizo ningún movimiento, ni siquiera un tic en sus músculos. Ella habría jurado que se había contenido la respiración todo el tiempo.

Como una revelación, Beth recordó la chaqueta que le había comprado. Era la excusa perfecta para que entrara.

—¡Oh! ¡Casi se me olvida! Tengo algo para ti. Entra.

Una ola de ansiedad y expectación sacudió el cuerpo de Evan. Seguramente no se refería al sexo. Tenía que ser otra cosa. Ya había aceptado la idea de volver solo a casa para terminar lo que había empezado.

Beth desapareció escaleras arriba y volvió rápidamente.

—Aquí tienes—Le entregó una bolsa de ropa.

Evan revolvió el papel de regalo y sacó una chaqueta de cuero negro con la letra E grabada en una de las solapas del bolsillo.

—Nunca te devolví la tuya. Vi esta en la tienda y, por alguna razón, pensé que te quedaría bien.

—Me gusta.

Le gustaba de verdad. De hecho, le encantaba. Era el tipo de prenda que le encantaría llevar, pero nunca se había atrevido a hacerlo. Pero más que eso, le encantaba el hecho de que ella pensara en él de tal manera que le comprara un regalo. Se le encogió un poco el corazón.

—Gracias—Le dio un beso en la mejilla.—Buenas noches, Bethany—murmuró.

—Buenas noches Evan—respondió ella. Había un toque de decepción en su voz.

Evan empezó a marcharse. No había abierto del todo la puerta cuando se detuvo a mitad de camino. El regalo, recordó. Algo que definitivamente no podía olvidar.

¡La lencería!

Si se la había puesto, era juego limpio. Tenía que saber antes de irse.

—Una última cosa—dijo empujándola suavemente hacia dentro y cerrando la puerta tras de sí. Dejó la bolsa en el suelo.

—Quítate el vestido—le ordenó.

—¿Qué?

—Quítate. El vestido—dijo con voz grave y exigente.

Beth lo pensó un momento. Pero el tono de su orden le provocó una sensación de calor en el vientre que no pudo ignorar.

Deslizó los dedos por debajo de los tirantes del vestido y los dejó caer juguetonamente por sus hombros. El vestido se le enredó en los pies. La conciencia de su repentina exposición, combinada con la mirada voraz de Evan, le provocó una ola de excitación que le recorrió el pecho hasta llegar al centro de su ser.

Evan contuvo el aliento mientras se deleitaba con su precioso cuerpo cubierto por la lencería sensual que él mismo había elegido. Ella había accedido a su petición de ponérsela y era precisamente esa complacencia lo que lo ponía más duro que nunca.

Sabía que se había prometido a sí mismo no volver a tocarla hasta que ella le diera permiso. Pero estaba completamente seguro de que, en el momento en que se puso la lencería, fue una invitación innegable para él. Y ella estaba demasiado buena como para dejarla intacta y vacía.

Evan agarró la mandíbula de Beth, obligándola a mirarlo.

—Vas a ser mi maldita perdición —dijo entre dientes.

Se inclinó y la atrajo hacia él para darle un beso que le hizo flaquear las rodillas. Caliente, húmedo y baboso.

Lujuria y desesperación en cada lamida y succionada.

La levantó del suelo y la tiró sobre el sofá, arrodillándose ante ella, casi arrancándole las bragas mientras se las bajaba con impaciencia por las piernas. Contempló su desnudez con un hambre devastadora.

—Perfección—ronroneó.

Se sumergió en ella, con la lengua abierta. Desde abajo hasta arriba, por su sensible y resbaladizo manjar. Lamiendo cada recoveco de su delicada carne. Haciendo que su clítoris se hinchara de excitación.

Cada caricia y cada lametón aumentaban ese dulce cosquilleo en el ardiente y tierno centro de Beth. Evan se humedeció dos dedos en la boca y los deslizó dentro de su estrechez. La excitación en el cuerpo de Beth se intensificó, volviéndola loca. Lametón tras lametón, la lenta y torturante penetración de sus dedos la hacía desear más.

Ella se arqueó contra sus dedos, dándose placer a sí misma. Los gemidos de alabanza que salían de Evan eran pura felicidad. Como si estuviera saboreando la comida más deliciosa que jamás había probado.

Levantó la cabeza para tomar aire.

—Carajos, tu sabor me fascina—dijo, volviendo a adorarla con más ganas que antes.

Beth echó la cabeza hacia atrás saboreando cada segundo celestial. Unas cuantas lamidas más y el éxtasis puro la golpeó con oleadas de placer desenfrenado. El agarre de sus manos en su cabello envió ondas de choque a su pene.

Él estabilizó sus piernas temblorosas, agarrándole los muslos y empujándolos más hacia adentro.

El torrente de obscenidades y los gritos de 'Oh, Dios mío' provocaron un deseo ardiente y intenso en el pecho de Evan. No dejó de lamer hasta que tomó cada gota en su cara.

Cuando ella abrió los ojos, se encontró con una mirada oscura y persistente mientras Evan se lamía la mano desde la palma hasta la punta de los dedos, chupándolos por completo.

—Por muy halagador que sea—comenzó a decir mientras se limpiaba la comisura de la boca con el pulgar—Ya te he dicho que ese no es mi nombre, princesa—Una sonrisa felina se dibujó en sus labios.

Beth apenas podía respirar cuando Evan la puso de rodillas, inclinada sobre el sofá. Sus dedos se aferraron al respaldo.

Él se desabrochó el cinturón con una rapidez que no sabía que poseía, dejando que tanto los pantalones como la ropa interior cayeran a sus pies.

Agarró a Beth por el cuello con una mano y se sujetó al respaldo del sofá con la otra para apoyarse. El calor de su aliento en su oído le provocó un escalofrío que le recorrió la espalda. Encendiendo aún más deseo que antes.

—Lo siento—le gruñó al oído.

Sin darle oportunidad de preguntar, embistió su polla hasta el fondo. Llenándola con su grosor hasta la empuñadura.

Un jadeo que se convirtió en un gemido escapó de ella.

—No sabes cuánto he deseado esto—gimió cada palabra con embestidas.

El sonido de sus cuerpos chocando llenó la habitación. Los gemidos de Evan se convirtieron en gruñidos primitivos y los de Beth en gritos. Evan perdió todo el control que le quedaba, sus embestidas se volvieron más fuertes, más profundas, más rápidas. Las uñas de Beth se clavaron en la tela del sofá mientras otro orgasmo se acumulaba en su interior. Las lágrimas brotaron de sus ojos cuando él se hundió aún más profundamente en ella.

El feroz agarre de su vagina al apretarse alrededor de su pene fue la perdición de Evan. Envolvió sus dedos alrededor de su garganta con la presión perfecta y se acerco hacia su oído.

—Eso es, princesa, córrete para mí.

Mientras él sentía las descargas eléctricas de su orgasmo, Beth gritó de placer. Empapando el sofá debajo de ella. Él aplicó un poco más de presión sobre su garganta, presionando su mejilla contra la de ella.

—Di mi nombre—gruñó con exigencia.

Ella obedeció gritando su nombre mientras oleadas de deliciosa euforia la invadían. Un rugido gutural salió de su pecho mientras la penetraba con embestidas desiguales, corriéndose profundamente dentro de ella. Sabía que una espesa carga brotaría de ella en el momento en que se retirara.

Cayó sobre su espalda, agotado. El sonido de su corazón acelerado y su respiración irregular le proporcionaron a Evan una satisfacción perversa.

Le dio tiernos besos en la espalda, en el hombro y, finalmente, en el delicado punto de su cuello.

—¿Te lo he dicho ya? Te vez preciosa cuando te vienes—le susurró al oído mientras le rozaba la nariz con la suya.

Ella giró la cara y echó la cabeza hacia atrás, atrapándolo en un beso apasionado.

—Sí —le dio otro beso. —Creo que los dos necesitamos un baño —logró decir Beth.

Evan se retiró de ella, y su espesa carga goteó sobre el sofá. La agarró por debajo de las rodillas y la llevó en brazos.

—Quizá también quieras limpiar tu sofá—bromeó.

Beth no respondió. Ya se había quedado profundamente dormida sobre su pecho. Él sonrió y le dio un suave beso en la frente. El baño tendría que esperar. Por ahora, la cama sería suficiente.

CAPÍTULO
Doce

Los recuerdos de la noche anterior asaltaron a Evan. Todo, desde la calidez de la suave piel de Beth hasta su sabor que aún perduraba en su lengua, le había hecho sonreír varias veces a lo largo del día. Le había dejado una nota en la mesita de noche diciéndole que su padre tenía una emergencia en su tienda y que por eso no se había quedado. Y aunque era cierto, era una media mentira.

No estaba seguro de si despertarse a su lado era la mejor idea. La primera vez solo había sido un rollo. Pero esta vez era diferente. Había algo entre ellos que parecía frágil como cristal a punto de romperse en cualquier momento. Evan quería que todo fuera perfecto, así que le había dado espacio.

Beth: ¿Así es como tratas normalmente a las chicas? ¿Hacer que arruinen su sofá favorito y luego largarte?

Evan se rió entre dientes. Sabía a ciencia cierta que el sofá estaba arruinado. De hecho, ya había buscado uno nuevo en

Internet. Después de todo, el daño causado a sus muebles era culpa suya.

Evan: Solo a las chicas buenas que obedientemente se ponen la lencería que les compro.

Beth: Me debes un sofá nuevo.

Evan: Ya me estoy ocupando de ello, princesa.

El nombre y la foto de Beth aparecieron en su pantalla. Sin duda, lo llamaba para regañarlo. Sonrió antes de contestar la llamada.

—¡No te atrevas a comprar un sofá nuevo, Presley!

—¿Por qué no? Yo también participé en el daño.

—No compres un sofá nuevo, Evan, por favor.

—Me encanta cuando me suplicas.

—Lo digo en serio, Evan.

—Yo también, princesa.

Hubo un breve silencio entre ellos.

—Lo vas a comprar de todos modos, ¿verdad?

—Sí.

Beth exhaló un profundo suspiro.

—Entonces lo elegiré yo misma.

—Tus deseos son órdenes, amor. Pasaré por ti por la tarde.

—*Te odio.*

—Mmm, sí. Es lo que te da esa actitud que tanto me gusta.

—*Adiós, Evan.*

Beth colgó antes de que Evan pudiera responder. Sin embargo, él no mentía. Le encantaba esa actitud mandona y enfadada que ella siempre tenía. Cada vez que ella se oponía a él, sentía un cosquilleo de emoción en los testículos.

Debieron visitar como doce tiendas de muebles diferentes en la ciudad. Nada satisfacía a Beth. Quería algo similar o exactamente igual al sofá que ya tenía. Resultó que los sofás de color rosa pastel no eran tan comunes.

—No lo entiendes. Fue la primera compra que hice como estudiante independiente. Tiene un valor sentimental.

—Entonces déjame llevarlo para un lavado.

Por centésima vez, Evan había sugerido lavar el sofá, pero siempre se topaba con...

—¿Y decirles por qué quiero lavarlo? No, gracias.

—Te compraré toda la tienda solo para que podamos terminar con esto, Beth, por favor—le suplicó.

—¿Harías eso?

—¿Te hará olvidar el sofá?

—La verdad es que no.

—Entonces no. Déjame llevarme el sofá para limpiarlo a fondo. Les diré que tus sobrinos vinieron de visita y derramaron leche y otras cosas sobre él.

Beth lo pensó detenidamente. Quizás era hora de cambiar ese viejo sofá. Le gustaba demasiado, pero nunca había pegado con el resto de su departamento.

—Supongo que aceptaré cualquier cosa que estés dispuesto a comprarme.

—Espera aquí.

Evan desapareció con uno de los dependientes de la tienda durante un rato. Cuando regresó, tenía una gran sonrisa en el rostro.

—Tendrás que venir a ver esto.

El dependiente los llevó a la parte trasera de la tienda, donde tenían muebles dañados y en liquidación. En una esquina de la sala, Beth vio no solo una copia exacta de su sofá, sino todo el conjunto que lo acompañaba. Un sofá, un sillón doble y una preciosa mesa de centro blanca.

—No puede ser—dijo incrédula.

—Sí que lo es—Viro y se dirigió al vendedor.—Nos llevaremos todo el conjunto.

Beth no podía creer lo que veían sus ojos. Se sentía como si estuviera dentro de un apartamento nuevo. Ni siquiera se parecía a su antigua sala de estar. Todo combinaba con los sofás rosas, iluminando el lugar.

—¿Te gusta?—preguntó Evan con una sonrisa en el rostro.

—¡Me encanta!—respondió Beth radiante de emoción.

Beth se dejó caer en el sofá, acurrucándose en su suave tejido. Evan se inclinó hacia ella, rozándole los labios.

—Ha sido una buena idea ponerte esa lencería, ¿eh?

Le dio un suave y amoroso beso en los labios. Beth le abrazó el cuello y le atrajo hacia ella, profundizando el beso.

—Beth, tranquila, vamos a arruinar el nuevo también—le dijo entre besos.

—La cama tiene cubierta impermeable—le susurró ella al oído.

Se le erizaron los pelos de la nuca. Se humedeció los labios y exhaló un profundo suspiro.

—Quizás en otra ocasión, princesa—dijo, y le dio un beso suave en los labios.—Estoy agotado de tanto buscar sofás hoy. Pero te prometo que pronto le daremos un buen uso a esas sábanas—Le besó suavemente en la frente y se levantó.

—¿De verdad te vas?

—Sí, amor. Te llamaré más tarde, ¿de acuerdo? Quiero llevarte a otra cita, pero primero tengo que planearla.

Beth se levantó y le frotó las manos por el pecho.

—¿No puedes planearla en mi habitación? —ronroneó ella.

Él se rió con amor.

—No. No puedo pensar con claridad cuando estoy cerca de ti, princesa—le dijo con una sonrisa coqueta.

—Está bien, te dejaré hacer lo tuyo. Mientras tanto, voy a disfrutar de mi nueva sala—dijo ella, dejándose caer en el sofá.

Evan soltó una risa.

—Lo que te haga feliz, princesa.

CAPÍTULO
Trece

Cada noche, desde la última vez que Beth y Evan estuvieron juntos, hablaban por teléfono. Las horas se convertían en minutos mientras compartían cada aspecto de sus vidas. Resultó que ambos tenían gustos similares en cuanto a comida, música y películas.

No las románticas que tanto le gustaban a Beth. Ella no las mencionaba, pero es algo implícito que a la mayoría de las chicas les encantan las películas románticas. Chico conoce a chica, se enamoran, fin. Pero la vida real no era así.

Siempre existía una delgada línea entre dos personas que se estaban conociendo. Una cerilla encendida esperando para hacer estallar el lugar. Y eso era exactamente lo que Beth estaba esperando.

Los días se convirtieron en semanas. Habían pasado casi dos meses desde que Evan y ella se habían involucrado en la fiesta. Él no era en absoluto lo que ella esperaba. El hombre cachondo había desaparecido. Ella se estaba enamorando poco a poco del caballero dulce y cariñoso con el que le encantaba hablar durante horas, el hombre generoso y altruista, y el admirador en el que se había convertido.

Todas las cosas que había llegado a disfrutar se convirtieron en la razón misma de su desesperada ansiedad. Todo parecía demasiado bueno para ser verdad. Tenía que tener algún defecto. Algo que inevitablemente le rompería el corazón.

Evan le envió un mensaje de texto a Beth por la mañana temprano para contarle sus planes. Tenía la cita perfecta planeada para ese día. La llevaría a comer algo que le gustara, irían al cine y tal vez incluso la llevaría al centro comercial.

El tiempo podría haber sido menos sombrío para un día como este. Pero mientras no lloviera, sería perfecto.

Las nubes se ven muy oscuras. Espero que no llueva mucho.

Evan recogió a Beth después de su turno en la cafetería. La llevó a casa para que pudiera cambiarse.

—Me daré un baño rápido y me prepararé. Puedes comer algunas de las donas que traje, si quieres.

—No, gracias. No quiero perder el apetito.

—Como quieras.

Beth desapareció escaleras arriba. Ya iban retrasados con respecto al horario que él había planeado mentalmente. Entre eso y el tiempo, Evan se puso nervioso.

El sol ya se había ocultado por completo. Se oían truenos a lo lejos. En cuanto Evan miró por la ventana, el cielo se abrió. Una lluvia torrencial y un viento frío azotaban la calle.

—¿Está lloviendo? —Beth apareció todavía vestida con ropa cómoda, secándose el pelo con una toalla.

—Eso parece. Pero apuesto a que se despejará en poco tiempo.

Después de unas horas, la lluvia no había cesado. Los truenos y los relámpagos eran aún peores que antes. Una tormenta había azotado la ciudad. Había inundaciones por todas partes y estaba a punto de anochecer.

—No parece que vaya a parar, Evan. Podemos salir otro día.

Evan estaba enfadado y decepcionado. Si hubieran salido antes, al menos podrían haber ido a comer algo. Pero no era culpa de Beth, y él lo sabía. Lo que más le molestaba era que sus planes se hubieran echado a perder.

—Supongo. En cuanto pare de llover, me iré a casa.

—Puedes quedarte aquí si quieres.

—¿Pasar la noche?

—Sí, ¿por qué no? Podemos ver películas. Seguro que tengo algo para comer por ahí.

—Suena bien. Pero tendré que dormir desnudo. No traje ropa extra —dijo con una sonrisa burlona.

—Bueno, menos mal que ayer te compré otro regalo.

Beth subió las escaleras y volvió con una prenda de ropa doblada en la mano.

—No sé dónde compras esos pantalones de chándal casi transparentes. Pero vi estos y pensé que serían lo suficientemente cómodos para que durmieras—Dejó caer la prenda, dejando al descubierto la parte inferior de un pijama negra. Evan tocó la tela. Era suave y un poco más gruesa que la que solía llevar. Pero en ese momento era perfecta.

—Puedes cambiarte arriba si quieres.

—Ya has visto cada centímetro de mi cuerpo, princesa, ¿por qué iba a esconderme ahora?

Ella ladeó la cabeza hacia un lado y lo miró con el ceño fruncido.

—Está bien.

Le sacó la lengua, lo que le hizo reír.

La pijama era sorprendentemente cómoda. Le quedaba muy bien. Evan ladeó la cabeza mientras se miraba en el espejo. Se giró de lado y se dio cuenta de que había un pequeño problema, un pequeño percance entre los pantalones y el modelo.

Bueno, fácil acceso, supongo.

La pijama tenía un agujero en la parte delantera. Lo suficientemente pequeño como para cubrir la funda, pero no lo suficiente como para contener el arma oculta. Si se excitaba lo más mínimo, tendrían un tercer invitado espiando.

Bajó las escaleras, Beth ya tenía una taza de fideos esperándolo. Antes de que pudiera tomarla, sonó su teléfono. Un número desconocido apareció en la pantalla. Normalmente, no contestaba llamadas de números que no reconocía, pero sus padres estaban fuera de la ciudad y existía la posibilidad de que les hubiera pasado algo. Evan contestó con el rostro pálido.

—Evan, ¿estás bien? —preguntó Beth preocupada.

—S-sí. Solo... Ahora mismo vuelvo.

A Beth le extrañó verlo tan nervioso por una llamada telefónica. Esperaba que no fueran malas noticias. Él no había compartido mucho sobre su vida personal, pero tampoco era un hombre que le ocultara cosas.

Regresó con una expresión sombría en el rostro. La ira se reflejaba en sus mejillas. Se acercó directamente a besarla. Un beso lleno de anhelo y desesperación. Como si hubiera estado lejos durante años y finalmente pudiera tocarla.

Beth quería preguntarle, pero no parecía que él fuera a decirle mucho en ese momento. Si necesitaba saberlo, él se lo diría.

Después de comer algo y ver una buena película, Evan y Beth se quedaron dormidos en el sofá. El calor de su pecho y el aroma de su colonia habían dejado a Beth inconsciente a mitad de la película. Se despertó con los suaves ronquidos de Evan.

Se quedó mirando sus rasgos mucho más tiempo del que pretendía. Ahora que lo veía mejor, todo en él era sexy o increíblemente atractivo. Los bordes afilados de su mandíbula bien afeitada, los hoyuelos en sus mejillas, las ondas de su cabello sin cortar, todo ello esculpido a mano por los ángeles.

Por no hablar de la anchura de sus brazos tensos y la dureza de su pecho. El tatuaje que cubría su cuello lo hacía aún más atractivo. Todo en este hombre era hermoso, incluso su forma de respirar. Eso enfurecía a Beth sin remedio. Tal vez si hubiera seguido siendo el idiota egocéntrico que era antes, ella no se sentiría así.

Ya no había lugar para odiarlo. Beth se estaba enamorando de él, y eso le provocaba un caos en los nervios. La última vez que se sintió así, terminó siendo engañada. Se prometió a sí misma que no dejaría que ningún hombre la lastimara de nuevo. Y este hombre parecía un lago en el que estaría dispuesta a ahogarse.

Toda esa preocupación se desvaneció cuando se fijó en la parte central de su pijama. Beth ladeó la cabeza lo justo para ver una pequeña sorpresa asomando.

Hola precioso.

Beth pasó el dedo por la suave punta como un susurro. Evan no se inmutó. Enrolló el dedo bajo la parte cubierta por la tela y tocó la aterciopelada piel. Cada centímetro de él se estiraba lentamente bajo su tacto. Un pequeño soldado en posición de firmes.

Ella todavía no estaba acostumbrada a su grosor. Nunca antes había tenido la oportunidad de admirarlo durante tanto tiempo. Una lágrima brotó, deslizándose por la pequeña hendidura de la punta de su cabeza ahora hinchada. Por impulso, Beth deslizó la lengua desde la base hasta la punta, saboreando el sabor de esa lágrima en su boca. El cuerpo de Evan se movió ligeramente, pero seguía pareciendo profundamente dormido.

Nunca antes había hecho algo tan travieso. La estaba llenando de emoción. Volvió a pasar la lengua de la misma manera, esta vez envolviendo la cabeza con sus labios húmedos. Lo chupó suavemente, casi como un beso. Miró a Evan, que seguía con los ojos cerrados.

En un movimiento atrevido, se lo metió todo en la boca tanto como pudo. La tierna carne le estiró las comisuras de la boca. Empezó a moverse arriba y abajo, saboreando cada centímetro de él, cerrando los ojos para disfrutar de la sensación.

Un jadeante gemido de 'maldición' llegó a sus oídos. Abrió los ojos y se deleitó con el efecto que claramente tenía sobre Evan. La forma en que él tenía la cabeza echada hacia atrás sobre el borde del sofá, con ambas manos enredadas en su cabello, era una delicia. Un elogio tácito que recorrió el cuerpo de Beth, endureciendo sus pezones y empapando sus bragas.

Ella no apartaba los ojos de su rostro mientras chupaba con más fuerza, esperando su reacción. Y él reaccionó. Bajó la cabeza bruscamente y sus miradas se cruzaron. Abrió la boca y sus ojos reflejaron el intenso placer que lo invadía. Intentó contener los gemidos, pero fracasó estrepitosamente. Cada vez que ella bajaba la cabeza, un gemido entrecortado escapaba de su boca.

Él movió su cuerpo hacia un lado, pasando una mano por el cabello de ella y la otra por su trasero. La repentina calidez de su tacto provocó un gemido de placer en Beth. Otro 'maldición' sin aliento se le escapó de la garganta.

Él curvó los dedos bajo el dobladillo de sus bragas, tirando de ellas hacia un lado, rozando su punto sensible en lentos y tortuosos círculos. Eso volvió loca de placer a Beth. Ella arqueó las caderas hacia sus dedos, buscando más presión. Al mismo tiempo, eso la hizo chupar vigorosamente su duro y grueso miembro.

Él empujó su cabeza hacia abajo, embistiendo hacia arriba en su garganta. A ella le encantaba la forma en que él se daba placer con su boca. Él deslizó dos dedos dentro de su ya empapado coño, haciéndola gemir en su sensible carne. Las vibraciones de su grito llevaron a Evan al límite.

La apartó de un empujón.

—Ven aquí, princesa. Es hora de tu leche antes de dormir—La echó sobre su hombro y la llevó arriba al dormitorio. Para cuando ella estaba abierta de piernas sobre el colchón, él ya se había quitado el pijama.

No perdió tiempo en quitarle la ropa interior. La fuerza de su impaciencia rasgó la tela de sus bragas de encaje, dejando al descubierto su clítoris.

—¡Evan!

—Te compraré unas nuevas, amor—El tono salvaje de su voz le hizo olvidar la ropa interior rota.

La repentina intrusión de su lengua húmeda y abierta sobre su punto sensible le envió una descarga eléctrica a los pezones y de vuelta entre las piernas. Era como un perro lamiendo mantequilla de maní de la pared.

Esta vez, él no quería que ella se corriera así primero. La audacia de lo que ella había hecho por su cuenta ya lo tenía al borde del orgasmo. Si ella se corría en su cara como solía hacerlo, él estaba seguro de que lo derramaría todo sobre las sábanas. Y no estaba dispuesto a desperdiciar ni una sola gota fuera.

Se arrastró hasta quedar frente a ella y se sumergió en un beso ardiente y profundo.

—Me encantaría que me despertaras así más a menudo, ¿sabes?—le susurró al oído, mientras le daba tiernos besos a lo largo de su sensible piel.

—Eso hace dos en la lista de formas en las que te encantaría que te despertaran—le dijo ella riendo en su oído.

El sonido de su risa le llenó el corazón como nunca antes lo había hecho. Apoyando el peso de su cuerpo sobre ella, deslizó las manos bajo su cuerpo y la agarró por los hombros para sostenerse.

—Eres mía—le gruñó al oído, rozándole el lóbulo de la oreja con los dientes.

Se hundió profundamente con una sola embestida. Beth le clavó las uñas en la espalda con fuerza. Estaba seguro de que le dejaría marca. No pudo contenerse más. Apretó su mejilla contra la de ella, empujando aún más profundamente. Más rápido, más fuerte, cada embestida hacía que Beth gritara de placer. Sus uñas se clavaban más profundamente y un mordisco en su hombro lo encendió.

Unas cuantas embestidas rápidas más y un gruñido salvaje escapó de su pecho mientras se vaciaba dentro de ella. Las últimas embestidas profundas envolvieron el último resto del éxtasis de Beth en un orgasmo estremecedor. Sus gemidos y su cuerpo tembloroso llenaron a Evan de una inmensa satisfacción.

Él yacía sobre ella, agotado. La sensación de los dedos de ella en su cabello, mezclada con el mareo de su liberación, lo adormecía.

—Beth. Te dije que eso me da sueño —murmuró contra su pecho.

—Lo sé—le susurró ella al oído, arañándole la cabeza con las uñas.

Él se quedó dormido dentro de ella. Ella permaneció despierta un poco más, abrazándolo. Disfrutando del aroma de su cabello. Definitivamente podía amar a este hombre más que a nada en el mundo. Pero, por mucho que odiara admitirlo, le aterrorizaba lo que eso significaba para ella. Lo disfrutaría mientras durara.

CAPÍTULO
Catorce

Unas semanas después del inicio del nuevo semestre, todo iba de maravilla. Las pocas clases que Beth tenía que tomar eran pan comido. La relación con Evan era aún mejor. Se sentía amada y apreciada en todo lo que él hacía por ella. Lo único que le costaba era balancear el trabajo y los estudios.

Cada turno era más difícil, ya que los estudiantes acudían en masa al puesto por las tardes. Beth terminaba cada día agotada. Hoy, lo único que la mantenía de pie era la cita en la playa que Evan había planeado. Con todo yendo tan bien, nada podía salir mal.

La chica del siguiente turno había llamado para decir que estaba enferma. Beth tuvo que enviarle un mensaje a Evan para decirle que llegaría tarde. Cerró el puesto de café a toda prisa, pensando solo en verlo. Sin prestar atención a su entorno, chocó con una chica, haciendo que se le cayeran los libros que llevaba.

—Lo siento mucho. No estaba prestando atención—se disculpó Beth.

—No te preocupes. Pasa todo el tiempo—le dijo la chica con una sonrisa complaciente.

Era muy guapa. Tenía la tez pálida, los ojos verdes y el pelo largo y cobrizo. Beth nunca había sido envidiosa, pero reconocía cuando otras chicas eran guapas. Quizás incluso más que ella.

—Aun así, tenía prisa, pero debería haberte visto.

Beth la ayudó a recoger sus cosas del suelo. Vio de reojo un álbum de fotos del tamaño de un cuaderno y juró haber visto a una versión más joven de Evan sin el tatuaje en el cuello.

—Yo tampoco estaba prestando atención, no te preocupes.

—¿Eres... fotógrafa o algo así?

—Oh, no. Acabo de llegar al campus. Estoy pensando en matricularme.

—Qué bien. Soy Beth, encantada de conocerte—Beth le tendió la mano.

—Encantada de conocerte también. Soy Charlie—Charlie le estrechó la mano—En realidad, he venido aquí por mi novio.

—Qué bonito.

—Sí, es el hombre más guapo del mundo. De hecho, es bastante popular por aquí. Quizás lo conozcas.

—No soy muy sociable, pero tal vez lo conozca.

—Se llama Evan Presley.

Después de que su apellido se le escapara de la boca, a Beth le fallaron los pulmones. Charlie parloteaba sin parar, moviendo los labios a una velocidad insoportable. Pero Beth solo podía oír los latidos de su corazón retumbando en sus oídos. Debía de haberse vuelto loca. Ese no era el nombre que acababa de oír.

—Y bueno, me llamó hace poco y me dijo que me extrañaba, así que, por supuesto, tuve que volar hasta aquí.

Beth recuperó el oído.

—¿Cuánto tiempo llevan juntos? Si no te molesta que te pregunte, claro.

—Bueno, en realidad hemos estado juntos intermitentemente durante años. La última vez que estuve aquí, estaba segura de que me iba a pedir matrimonio. Pero mis padres tuvieron que mudarse a otro estado y yo tuve que irme con ellos, así que no pudo ser. Pero ahora estoy aquí para arreglar eso—Charlie sonrió emocionada.

—Eso es... lamentable.

—Lo fue, la verdad. ¿Y sabes qué es lo que más extrañé?—se inclinó para susurrar. —Entre tú y yo, el sexo era increíble.

Las manos de Beth comenzaron a sudar y temblar. Ese maldito mentiroso hipócrita. Sabía que no debía creer esa estúpida historia sobre el dolor de su última ruptura y que ella era su primera vez. Era, sin duda, el imbécil que siempre había creído que era.

—Bueno, espero que lo encuentres. Tengo que irme. Ha sido un placer conocerte—mintió Beth.

—¡Claro! Nos vemos.

Beth fingió una sonrisa y se apresuró a ir a ver a Evan.

Luchó contra las lágrimas que le picaban en los ojos durante todo el camino hasta su casa. En el fondo, esperaba que lo que le había dicho esa chica no fuera cierto. Pero Charlie ni siquiera la conocía. ¿Por qué iba a mentir? Y esa llamada de la que había hablado. Beth recordó la noche de la tormenta. Él había recibido una llamada que, sospechosamente, no quería que ella oyera. Quizás ella le había devuelto la llamada.

Apretaba el volante con fuerza. La presión sobre sus dientes le provocaba sacudidas en la mandíbula. Más le valía tener una historia muy buena, porque Beth no iba a creer más mentiras.

CAPÍTULO
Quince

La conversación con Charlie no fue lo que Beth esperaba. Justo cuando estaba empezando a confiar más en Evan. Una sensación desesperada por saber cuánto de lo que Charlie había dicho era cierto le quemaba las entrañas. Esperaba que hubiera una explicación razonable para todo esto.

Beth estaba a punto de llamar a la puerta cuando de repente se abrió. En cuanto Evan la vio, sus ojos se iluminaron. Inmediatamente se acercó para darle un beso.

—Hola, princes—

Beth lo detuvo con un dedo en su boca, empujándolo dentro del departamento.

—Te lo voy a preguntar una sola vez, y más te vale decirme la verdad. ¿Tu primera vez fue realmente conmigo?

Evan echó la cabeza hacia atrás y puso los ojos en blanco, con una sonrisa aún impresa en el rostro.

—Sí, amor, lo fue. Te lo he dicho muchas veces. Es solo que no se te queda grabado en esa cabecita tan bonita que tienes.

Sonrió y le rozó juguetonamente la punta de la nariz con el dedo.

—Entonces, ¿por qué tu encantadora ex vino hoy a mi trabajo y me contó historias muy interesantes que dicen exactamente lo contrario?

La expresión sombría de sus ojos, el fruncimiento de sus labios y la intensidad de su postura hicieron sudar a Evan.

—¿Qué ex? ¿De qué estás hablando, Beth?—sus dedos se movieron nerviosamente sin querer.

—No finjas ignorancia, Evan. Ella dijo que fue tu primera novia. Y no solo eso, sino que lo repitió cientos de veces. No te cansabas de ella—La ira le sonrojó las mejillas y cruzó los brazos con tanta fuerza contra el pecho que las yemas de los dedos se le clavaron en la piel.

Evan se quedó allí, confundido. Todos los nervios de su cuerpo estaban en alerta.

—Princesa, solo tuve una relación antes que tú, y te aseguro que nunca la toqué de esa manera. Y dudo mucho que sea con quien hablaste—explicó, tratando de calmar la situación.

—Eso no es lo que dijo Charlie. —Cada palabra iba acompañada de un tono rencoroso y un movimiento de cabeza.

Evan sintió un escalofrío recorrer todo su cuerpo. Cada gota de sangre se desvanecía de su piel. El sudor en sus manos le hizo darse cuenta de la ansiedad que bullía en su estómago.

¡Mierda!

Esto era un infierno en la tierra. Sabía lo destructiva que podía ser Charlie. Lo que era capaz de hacer solo para pasar un minuto con él. Era una bomba de tiempo de locura. Por eso le debía a su amigo Marcus un favor sin preguntas.

Una vez la había sorprendido en la casa de sus padres. No entendía cómo había descubierto dónde vivían, pero lo había hecho. Evan tuvo que arreglárselas para evitar que sus padres la vieran. Y aún más para conseguir que se marchara. Marcus tuvo que bajar para fingir que tenían una relación gay para que ella finalmente se rindiera.

E incluso entonces, Evan no estaba seguro de que ella se hubiera creído la farsa. Era obvio que no lo había hecho, o al menos hasta que descubrió que él salía con Beth. Tenía que atravesar esta situación como si fuera un campo minado.

—Beth... No sé qué te ha dicho esa mujer, pero, por favor, créeme, todo era mentira —intentó acercarse a ella, pero ella se apartó.

—¿Incluso el hecho de que la llamaras en medio de la noche aquel día lluvioso que te quedaste en mi casa, para decirle que la extrañabas?

¡Maldición!

¿Cómo iba a explicarle que sí había hablado con Charlie esa noche? Pero no sabía que iba a ser ella quien contestara. Apenas intercambiaron palabras, solo una petición clara y severa para que lo dejara en paz y no volviera a llamarlo.

Era como una situación de cable rojo y azul. Cualquier cosa que dijera podía beneficiarlo o arruinarlo. Respiró hondo y exhaló con ansiedad.

—Mira, la verdad es que ella llamó. Yo contesté. Pero no sabía que era ella. El identificador de llamadas era desconocido y a esas horas pensé que tal vez les había pasado algo a mis padres. Pero le dije que me dejara en paz y eso fue todo.

Evan esperó lo que le parecieron horas a la respuesta de Beth. Cada vez que abría la boca, ella fruncía más el ceño con más fuerza.

—¿Y esperas que me lo crea?

—¡Sí! Es una mentirosa compulsiva, Beth. Está loca. —La desesperación nerviosa creció en su voz.

—Típico de un macho hablando de su ex. Eso no prueba nada más que el hecho de que eres otro mentiroso de mierda.

—Beth, tienes que creerme. Ella ha sido... una parte muy complicada de mi vida, y no en el buen sentido.

—Ajá. ¿Y qué hay de la propuesta?

—¿La qué?—inclinó el cuello hacia adelante como si acabara de oír la cosa más estúpida que jamás había salido de su boca. Evan perdió toda capacidad para formar un pensamiento coherente.

—Ella dijo que ibas a proponerle matrimonio, pero todo se desvió porque tuvo que mudarse a otro estado.

Evan soltó una carcajada nerviosa.

—¡Dios, no! ¿Por qué carajos haría eso?

—No lo sé, Evan, quizá porque te gusta mentir como a todos los demás hombres.

—Nunca te he mentido, Beth.

—Que yo sepa.

Evan vio en los ojos de Beth la total determinación de dudar de él. Quizás los nervios que lo consumían le estaban diciendo que, efectivamente, estaba mintiendo. Pero no era eso. Ya había visto ese patrón antes. La noche en que descubrió que Stacy lo había engañado con su 'mejor amigo'.

Ella había alegado inocencia de tal manera que, si él no los hubiera visto con sus propios ojos, probablemente ahora estaría casado con ella. Sabía adónde iba a parar todo esto, y eso estaba destrozando su autocontrol. Su mente se quedó en blanco.

—No me gusta cómo va esta conversación, Bethany. Por favor, tienes que confiar en mí—dijo con voz temblorosa.

—Evan, es solo que... no sé si puedo confiar en ti—Su voz sonaba inestable, igual que la de él.

Su expresión se suavizó.

Ahí estaba. Esa voz temblorosa, su tono, la forma en que se abrazaba a sí misma para consolarse, la falta de contacto visual. Solo tenía una oportunidad para hacerla creerle, para hacerla cambiar de opinión. Sabía exactamente lo que iba a pasar si ella decidía no confiar plenamente en él.

—Te prometo que no miento. Te lo contaré todo, pero, por favor, cálmate—Esta vez, pudo apoyar las manos en sus hombros sin que ella se apartara.

Beth abrió la boca para hablar, pero la interrumpió el sonido del teléfono de Evan. Él le echó un vistazo rápido y lo ignoró.

—¿No vas a contestar?

—No conozco el número, así que no.

—Podrían ser tus padres, como la última vez —dijo ella, liberándose de su abrazo.

—No lo creo —tragó saliva con dificultad.

Beth le arrebató el teléfono de la mano, respondió y lo puso en altavoz.

—¡Hola, cariño! Por fin has contestado. ¿Cuándo vas a venir a verme?

Evan se sintió mareado, a punto de vomitar en el suelo de la sala.

¡Mierda, mierda, carajo!

Beth terminó la llamada sin apartar la vista de la pantalla.

—Bethany... —su voz se quebró.

Sus lentos movimientos al dejar el teléfono sobre la mesa junto a ella pusieron a Evan muy nervioso.

—Supe que me romperías el corazón en cuanto sentí algo por ti —dijo ella con voz temblorosa.

—Beth, está mintiendo. No he ido a verla y nunca lo haré. No quiero tener nada que ver con esa mujer. Por favor, créeme—

Evan contuvo las lágrimas que se le acumulaban en los ojos.

—Claro. Evan... esto es...—se secó las lágrimas que apenas brotaban de sus ojos—Simplemente no va a funcionar.

A Evan se le secó la boca. Su corazón dejó de latir. La presión en su pecho era como si se le estuviera abriendo en dos. Le costaba respirar por el esfuerzo de tragar saliva.

—¿Estás...? —Evan tragó gordo. —¿Estás rompiendo conmigo?

Beth dudó, sin mirarlo ni una sola vez.

—Creo que sí.

Un zumbido agudo en los oídos de Evan le perforó el cráneo. El tiempo se detuvo a su alrededor mientras su mente luchaba por recuperar el control de su cuerpo.

—No—murmuró, con un nudo en la garganta.

—Lo siento, Evan, creo que es lo mejor.

Ella empezó a marcharse, pero Evan la detuvo, clavándole los dedos en los brazos. Beth podía sentir el temblor en su mano.

—Bethany, por favor. Te lo ruego, no lo hagas—Un gemido escapó de sus labios.

Ella deslizó su mano con cuidado hasta la de él, apartándola de su piel. Sus miradas se cruzaron.

—Lo siento—Su voz se quebró.

Se dio la vuelta y salió corriendo de su casa. Evan se quedó allí, con su mundo desmoronándose. Caminó aturdido hasta su sofá, evitándolo por completo, y se sentó en el suelo.

—¿Evan?

La voz de Marcus resonó en los oídos de Evan. Entró y encontró a su amigo sentado en el suelo. Con los codos apoyados en las rodillas, la mirada fija en la alfombra. Sus manos, visiblemente temblorosas, acariciaban los suaves rizos de su cabello. Intento acercarse a su amigo, pero se quedó paralizado en el sitio.

El jadeo entrecortado de Evan se convirtió en un llanto que llenó la habitación. Respiraciones irregulares se alternaban con sollozos desgarradores. Con cada grito, sus pulmones luchaban por funcionar correctamente. Una violenta presión se aferraba a su pecho, llegando hasta su garganta. Se ahogó en sus propios gritos hasta que se silenciaron. Un ardor abrasador se apoderó de sus ojos. El doloroso escozor de las lágrimas que le corrían por el rostro le nubló la vista.

Marcus corrió y se arrodilló ante Evan. En un intento desesperado por calmarlo, lo agarró por los hombros y lo sacudió violentamente.

—¡Evan, respira!

Un largo suspiro salió como un grito gutural y crudo, desgarrando la garganta de Evan. Se frotó los ojos con el dorso de las manos, sin conseguir aliviar el torrente de lágrimas que le mojaban las manos. Una interminable serie de llantos le destrozó el corazón. Cada respiración entrecortada e hiperventilada iba seguida de sollozos desgarradores.

Marcus agarró la cara de Evan, obligando a su amigo a mirarlo.

—Evan, mírame. Respira, cálmate.

Evan tomó las manos de Marcus.

—No... no puedo pasar por esto otra vez—Cada palabra rebotaba con un sollozo mientras negaba con la cabeza con dolor.

Marcus sabía exactamente lo que quería decir. La última vez que Evan había roto con una chica, se había perdido por completo. Perdió tanto peso en el transcurso de un mes que sus padres tuvieron que llevarlo al hospital varias veces. Se había transformado en una persona completamente diferente.

Era una sombra de lo que había sido, sin emociones ni intereses. Evan tardó meses en salir del oscuro pozo en el que había caído. Ese semestre suspendió todas las asignaturas y casi lo expulsan de la carrera por faltar a clase. Marcus sabía que esta vez era diferente. La última vez había sido una traición. Esta vez era un desamor total e innegable. De verdad temía por Evan.

—Van, amigo, escúchame. Probablemente solo haya sido una pelea sin importancia. Verás que los dos volverán a la normalidad en poco tiempo.

Evan jadeaba buscando aire. Cada intento fallido le recordaba las palabras de Beth

—Charlie habló con Beth —logró decir entre sollozos.

—¿Qué?

—Le dijo que estábamos juntos mucho antes de que yo la conociera.

—Esa bruja.

—Ella se lo creyó todo, Marcus.

—Eso no es nada bueno.

—Para empeorar las cosas, Charlie llamó justo en medio de nuestra pelea. Beth contestó.

—¿Qué dijo?

—Preguntó que cuándo iba a volver a verla.

—Joder, tío.

—Deberías haber visto la cara de Beth, Marcus. Destrozó cualquier posibilidad que tenía de demostrar mi inocencia. Si aun tenía un poco de confianza en mí, se esfumó en ese mismo instante.

Marcus no encontró palabras para consolar a Evan. Se sentó junto a su amigo. El sonido de las manos de Evan golpeando su pecho resonaba en la sala de estar. Ahora se balanceaba hacia adelante y hacia atrás, golpeándose el pecho con el puño. Marcus supuso que era un gesto de consuelo. Pero no dijo nada. Estaba allí para evitar más daños.

Marcus se sentó junto a su amigo en silencio durante horas. Era su forma de consolarse mutuamente. Después de unos minutos, un tranquilizador entumecimiento invadió a Evan.

—¿Quieres que hable con ella? —preguntó Marcus, eligiendo cuidadosamente sus palabras.

Evan consideró la posibilidad de que Marcus convenciera a Beth de que todo lo que había oído de Charlie era mentira. No era la primera vez que ella decidía creer cualquier cosa menos sus palabras. No importaba lo que él hiciera o dijera, parecía que ella seguía viendo al imbécil que creía que era antes de conocerlo.

Eso le golpeó como mil ladrillos. A Beth le resultaba muy fácil confiar y creer a Charlie porque, en el fondo, era lo que había creído todo este tiempo. Para ella, él no era más que el típico macho que se había ganado su corazón con mentiras, nada más. Evan se dio cuenta de que nunca podría perder algo que nunca había tenido.

—No —dijo, apoyando la cabeza en el sofá detrás de él.

—¿Estás seguro? Porque puedo—

—Me voy a quedar en casa de mis padres. Al menos hasta mi próxima clase programada. Quizás más —lo interrumpió Evan.

Marcus asintió. Ambos se quedaron sentados en silencio. Conversaciones tácitas que solo tenían sentido para ellos.

—Marcus.

—¿Sí?

—Si ella pregunta... no le digas dónde estoy.

—Yo... sí, claro, amigo.

Era lo mejor, pensó Evan. Saber que podría verla en cualquier momento lo destrozaría. Estaba seguro de que correría hacia ella y le suplicaría. Pero ya lo había hecho una vez y nada había cambiado. Lo mejor que podía hacer era irse con sus papás y olvidarse de Beth. Lo cual le costaría mucho trabajo.

CAPÍTULO
Dieciseis

Otra llamada ignorada y un mensaje de texto sin respuesta. Beth llevaba días intentando ponerse en contacto con Evan. Pensó que tal vez debería haberle dejado al menos explicarse. En el fondo, no quería creer que realmente fuera un idiota. Pero sin forma de contactar con él, le resultaba una tarea difícil.

El puesto había estado lleno todo el día. El jefe de Beth la había llamado antes de lo previsto. Tenían prisa y necesitaban ayuda extra. Además, el empleado que cerraba había llamado para decir que estaba enfermo. Ahora era responsabilidad de Beth. Como si fuera algo nuevo entre sus compañeros de trabajo. Los estudiantes universitarios a los que les gusta salir de fiesta casi todos los días no eran realmente una fuente de trabajo fiable. Después de un largo día, lo único en lo que pensaba era en una manta calentita y películas románticas.

—¿Me puede preparar un café con leche helado con caramelo?

Esa voz aguda y falsamente dulce le sonaba familiar a Beth. Pero llevaba horas trabajando sin descanso y básicamente respondía como un robot. Comenzó su monólogo habitual de espaldas a los clientes. Estaba preparando tres pedidos a la vez y también manejando la caja registradora.

—¡Claro! ¿Qué tipo de...?

La sonrisa robótica de Beth se desvaneció a cámara lenta. Sus ojos se encontraron con los de un engendro enviado desde el infierno.

—¡Charlie! Me... me alegro mucho de verte de nuevo.

Podría haber sonado más convincente, pero lo único que pudo hacer fue esbozar una media sonrisa y adoptar un tono falsamente amistoso.

—Ojalá pudiera decir lo mismo.

Beth ignoró por completo el comentario sarcástico. Estaba provocando una larga fila de clientes.

—¿Por fin te inscribiste...?

—Déjate de tonterías. ¿Bethany, verdad? Sé lo tuyo y lo de *mi* Evan.

La última parte hizo que la sangre le hirviera a Beth. Soltó un suspiro de frustración. El estrés del día más ajetreado que había tenido nunca era demasiado para ella como para lidiar con esto ahora mismo.

—Mira, Charlie. Evan y yo ya no estamos juntos. No sabía que él todavía sentía algo por ti. No me gusta pelearme por los hombres. Es todo tuyo—Beth hizo un gesto con la mano en el aire.

—Para empezar, ya era mío, Bethany. —Su nombre salió de su boca como un insulto repugnante. Charlie cruzó los brazos e inclinó el peso de su cuerpo hacia un lado.

Beth había visto ese movimiento antes. Todas las zorras sarcásticas y malcriadas que había conocido intentaban esa mierda como táctica de intimidación. Era algo viejo y muy jodidamente desagradable.

—Claro. ¿Todavía quieres ese café o...?

Charlie abrió la boca para hablar, pero la interrumpieron de inmediato.

—¡Charlie! ¿Qué haces aquí?

Giró la cabeza hacia la profunda voz masculina que se acercaba rápidamente hacia ella. Abrió mucho los ojos y recuperó su postura normal.

—¡Marcus! Hola... ¿cómo estás...?

—Estaba bien hasta que te vi. Te lo volveré a preguntar. ¿Qué haces aquí?

—Yo... estaba buscando a Evan —fingió una alegría inquietante.

—Él no quiere que estés cerca de él, ya lo sabes. De hecho, *yo* tampoco quiero que estés cerca de él. ¿No estabas con tus papás? ¿Saben siquiera que estás aquí?

—Yo... eh... no. Pero ¿qué tiene eso que ver? Evan me llamó y vine a verlo, fin de la historia.

—No, claro que no—Marcus frunció el ceño.

—¡Sí que lo hizo! —Charlie pisoteó el suelo, haciendo un berrinche como una niña.

Marcus dio un paso hacia Charlie y la miró directamente a los ojos.

—Creí haberte dicho la última vez que llamaría a la policía si volvías a acosar a Evan. Vuelve a casa y déjalo en paz.

—No lo harías—intentó decir con confianza, pero fracasó estrepitosamente.

Marcus acortó la distancia inclinándose hacia adelante para que sus rostros quedaran a la misma altura.

—Pruébame—dijo con severidad.

Charlie se volvió para mirar a Beth con los ojos más locos que jamás había visto.

—¡Tú! —señaló a Beth con el dedo. —Aléjate de Evan. Es mío.

Beth no tuvo oportunidad de responder antes de que Charlie se alejara apresuradamente. E incluso si Charlie se hubiera quedado un minuto más, no estaba segura de lo que habría salido de su boca. El único pensamiento que le daba vueltas en la cabeza era...

Evan no mintió.

—¿Quieres que me quede aquí por si vuelve?

La voz de Marcus era confusa, pero sacó a Beth de su trance.

—Eh, sí. Te lo agradecería... gracias.

Beth volvió a sus tareas, gestionando todas las posiciones. Hizo tres pedidos a la vez mientras tomaba un cuarto. Gracias a Dios por su buena memoria. Seguía pensando en Evan, pero la forma en que Marcus había puesto a Charlie en su lugar había dejado a Beth de muy buen humor. Terminó su turno sin sudar ni una gota.

Marcus se quedó más tiempo del que Beth esperaba. Se sentó en la mesa de uno de los bancos durante el resto de su turno. Ella podía ver por qué era amigo de Evan.

En cierto modo, ambos eran amables y, en el fondo, buenos hombres. La apariencia de chico duro era solo eso. Beth reflexionó por un momento. Al igual que Maisie no había sabido ver el valor de Marcus, ella no había sabido ver cómo era Evan en realidad.

Antes de cerrar el puesto, preparó un café helado para Marcus. Le ofreció la taza y se sentó a su lado.

—Entonces, es cierto.

—¿Qué es? —preguntó él, agitando el vaso de plástico.

—Que solo era una acosadora loca, no la ex de Evan.

Marcus se burló.

—No. Estoy bastante seguro de que la ex de Evan está en otro país, viviendo su mejor vida. Ella era su única ex hasta que ustedes rompieron.

Tomó un sorbo de café y chasqueó los labios. Beth se sumió en sus propios pensamientos, pero aún podía oír un murmullo de 'maldita sea, qué rico' procedente de Marcus. Todo a su alrededor se quedó terriblemente en silencio.

Había juzgado a Evan en múltiples ocasiones, incluso antes de conocerlo bien. Nunca confió en su palabra ni en el hombre que era. La verdad era que le encantaba la adoración, pero no le importaba mucho el adorador.

Todo este tiempo, él había estado diciendo la verdad. Beth se sentía miserable. Puede que hubiera arruinado la única buena relación que había tenido por culpa de las mentiras de otra mujer.

No. Todo esto es culpa tuya, Bethany.

Si hubiera creído a Evan, o al menos le hubiera dejado explicarse, no estarían en esta situación.

—Así que lo sabes —murmuró Beth.

—Por supuesto que lo sé. Te vi marcharte ese día. Me quedé con Evan después.

—¿Está... bien? —logró decir.

—¿Evan? Está tan bien como puede estarlo —se encogió de hombros.

Beth decidió hacer una última llamada. Como era de esperar, no hubo respuesta.

—¿Me harías el favor de llamarlo? Es que estoy preocupada y quiero saber si está bien.

Marcus dudó un segundo. Sabía que ella solo quería demostrar que Evan la estaba ignorando. De todos modos, había pensado llamarlo después de asegurarse de que Beth estuviera a salvo. El teléfono no sonó mucho tiempo antes de que Evan contestara. Marcus lo tenía en altavoz.

—Hola, Marc, ¿qué tal?

—Hola, Van. ¿Qué haces?

—Nada especial, solo... tumbado en la cama mirando al techo.

—Genial, genial. Escucha, cuando regreses tengo que preguntarte algo.

—¿No puedes preguntármelo ahora?

—Es más un favor que una pregunta. Además, se me da mejor ablandarte en persona.

—Solo porque yo te dejo—La risa de Evan atravesó el corazón de Beth con un puñalada cruel. Se dio cuenta de lo mucho que había echado de menos ese sonido.

—Sí, sí. Llámame cuando regreses. Cuídate, amigo.

—Tú también.

Marcus colgó y guardó el teléfono en el bolsillo.

—¿Ves? Te dije que estaba bien.

Beth pasó largos minutos mirando al suelo. Las chicas no habían barrido bien, pensó. Luchó contra las lágrimas que le picaban en los ojos hasta que algo hizo clic en su mente.

—¿Dónde está?—dijo, secándose una lágrima que se le escapaba.

—¿Qué quieres decir?

—Dijiste 'cuando regreses', eso significa que no está aquí. Así que te pregunto, ¿dónde está?

—Oh—Marcus hizo un gesto de dolor. Consideró mentir por un momento. Pero no tenía sentido. Pensó que no le haría daño saber dónde estaba Evan. No era como si ella fuera a aparecer en la puerta de la casa de sus padres.

—Está... con sus padres.

—¿Dónde?

—En su casa —dijo con un tono sarcástico.

—¿Y dónde está "su casa"? —repitió ella imitándolo.

—Oh, no. No te diré nada más.

—Marcus... por favor.

—Bethany, lo siento. Quiere que lo dejen en paz. Fue muy claro cuando me pidió que no te dijera dónde estaba.

—¿No quiere que sepa dónde está?

Marcus se llevó la mano a la cara.

—Ya he dicho suficiente—Se levantó y tiró el vaso a un bote de basura cercano.

—Por favor.

Los ojos de Beth estaban llenos de auténtica preocupación. Una expresión triste velaba su rostro. Los ojos de cachorro eran el talón de Aquiles de Marcus.

—No le digas que te lo he contado. Me matará si se entera.

—Igual que él te dijo que no me dijeras dónde estaba. Entendido.

—Bethany...—

—Solo bromeaba—dijo ella levantando las manos en señal de rendición.

Marcus sacó su teléfono.

—Dame tu número para que te envíe la ubicación.

Beth lo hizo. Se quedó mirando a Marcus durante un momento.

En los meses que pasó con Evan, nunca intercambiaron una sola palabra. Ni siquiera estaba segura de que él supiera que ella existía.

Y, sin embargo, la había ayudado con Charlie, se había quedado para velar por su seguridad y la estaba ayudando a encontrar a Evan en contra de la opinión de su amigo. O tenía buen corazón o había otras intenciones detrás de todo esto.

Tienes que dejar de hacer eso, Bethany.

—Se está haciendo tarde. ¿Quieres que te acompañe al coche?

—Sí, por favor. No sé de qué es capaz esa bruja.

Marcus se rió entre dientes. Era una descripción habitual de Charlie entre él y Evan. Caminó junto a Beth hasta su coche y le abrió la puerta. Después de cerrarla, apoyó los brazos en el borde del coche, sobre la ventana.

—Hagas lo que hagas, por favor, no vayas allí.

Beth les estaría mintiendo a ambos si dijera que no iba a ir allí a primera hora de la mañana.

—Lo siento, Marcus. Tengo que hablar con él.

—Entonces llámalo.

—Ya viste por ti mismo lo bien que funciona eso. No quiere hablar conmigo. Esta es mi última opción.

—Solo... sé indulgente con él. Se lo ha tomado mejor de lo que esperaba, y eso me asusta.

—Lo tendré en cuenta.

—De acuerdo. Envíame un mensaje cuando llegues a casa.

—Lo haré.

CAPÍTULO
Diecisiete

Con un pie fuera y el otro al otro lado de la puerta, Evan recibió un pequeño empujón en el estómago y supo quién era. Se rió un poco para sus adentros. A veces, el entusiasmo de su madre era adorable.

—¡Cariñito! ¡Qué alegría verte!—La madre de Evan lo abrazó con fuerza.

Normalmente, ese gesto le incomodaba. Pero hoy era justo lo que necesitaba. Él la abrazó a su vez, apretando su pequeño cuerpo.

—Hola, mamá—murmuró, hundiendo la cara en su hombro.

Ella quería a su hijo con locura. Por eso sabía que Evan nunca había sido un niño muy cariñoso. La última vez que había tenido la oportunidad de abrazarlo así fue después del incidente de Stacy. Le mataría ver a su hijo pasar por lo mismo otra vez.

—Cariño, ¿estás bien? —le preguntó con delicadeza.

—No—Evan hundió aún más la cara en el hombro de su madre.

—Oh—Ella lo abrazó con fuerza otra vez y luego lo apartó para observarlo.

—Pareces un poco agotado, cariño. ¿Qué te pasa? —le acarició la mejilla con ternura maternal.

Evan pensó en contárselo todo. Pero en ese momento no tenía la energía necesaria para hablar de su reciente y desastrosa ruptura.

—No es nada, mamá. Creo que solo estoy un poco cansado.

Eso era una media mentira. La verdad era que estaba agotado. Emocional y mentalmente. Por alguna razón, esta ruptura le parecía peor que la anterior. Resultaba que ser engañado dolía menos que ser abandonado sin piedad. Como si fuera un pedazo de mierda sin valor.

—Mmm. Bueno, la cena está lista. ¿Quieres que te sirva un plato o lo haces tú mismo?

—Tampoco tengo mucha hambre, mamá.

Después de pronunciar esas palabras, Evan se preparó para la reprimenda que se avecinaba. Su madre podía soportar cualquier cosa en el mundo, excepto que él se negara a comer.

—¡Oh, no! Ya está bien. Evan Vincent Presley—frunció el ceño al oír su segundo nombre—¿Qué te pasa? Mi niño nunca rechaza un plato de comida.

—Mamá, por favor. No quiero hablar de eso.

Ella lo observó durante un momento demasiado largo. Sus ojos se suavizaron.

—¿Es por la chica de la que me hablaste?

Evan giró la cabeza hacia un lado y bajó la mirada al suelo.

Durante los meses que estuvieron juntos, Evan se sintió en la gloria. El nombre de Beth se le escapó demasiadas veces al hablar por teléfono con su madre. Había sido un error que pasó por alto. Estaba seguro de que no importaría. En el fondo, sentía que esta vez había tomado la decisión correcta. Beth era una mujer digna de presentar a sus padres.

—Ya veo. Bueno, aunque sea solo un poco, vas a comer algo. No te vas a ir a dormir con el estómago vacío bajo mi techo, señorito.

—Quizá más tarde, mamá.

Le dio un tierno beso en la mejilla y le acarició la cara con las manos.

—Tu padre y yo estamos aquí para ti, cariño.

Evan se derritió bajo la calidez del contacto de su madre. Lo cual no duró mucho, ya que ella le dio una palmada en la nuca.

—Pero *vas a* comer. Ve a prepararte un plato—le exigió con severidad, señalando con el dedo hacia la cocina.

—Ay. Está bien, mamá.

—Si necesitas algo, solo tienes que decírnoslo. Me mataría verte consumirte de nuevo—dijo con cariño. Los cambios bipolares en su tono asustaban a Evan.

Sabía exactamente lo que quería decir. La última vez que pasó por esto, terminó en el hospital varias veces, irreconocible. No iba a permitir que eso volviera a suceder.

Por eso había acudido a sus padres. Era mejor conducir una hora cada día desde casa hasta la escuela que estar cerca de Beth. No sabía cómo iba a evitarla. Lo único que sabía era que debía hacerlo.

Evan miró su teléfono. El reloj marcaba las tres de la madrugada. Lo dejó a un lado y se cubrió los ojos con el brazo. Desde que habían roto, le costaba cada vez más conciliar el sueño. Toda una semana de noches en vela estaba destrozando su sistema nervioso. Tanto era así que todas las noches pensaba en volver a llamar a Beth. Había visto las llamadas y los mensajes, pero aún no se sentía preparado para hablar con ella.

Sería muy fácil ir, explicarle todo sobre Charlie, disculparse y Evan estaba seguro de que todo volvería a ser como antes. Excepto que no sería así. A decir verdad, a Evan no le dolía la ruptura. Estaba devastado porque ella no había tenido ni una pizca de confianza en él. Para ella, era un idiota con dos caras, como todos los demás.

No podía superar el hecho de que le hubiera resultado demasiado fácil terminar la relación porque, en el fondo, ella siempre había esperado algo así de él. ¿Por qué arreglar las cosas con alguien que no confiaba en él en absoluto?

Cada noche, la pregunta resonaba en su mente. Podía analizarlo todo lo que quisiera, pero la única razón por la que seguía considerándolo era simple.

Porque estoy enamorado de ella.

En el pasado, Evan odiaba ir a pescar con su papá. Las horas de silencio en medio del lago nunca formaban parte de sus planes entre semana. Hoy, se arrepentía de todas las veces que se había negado a acompañarle.

—Hijo, a veces las cosas salen tal y como deben salir.

—Lo sé mejor que nadie, papá. —Evan tiró ligeramente del sedal para crear movimiento en el agua.

—Lo que intento decir es que nunca hablaste de Stacy como hablas de esta chica.

—¿Y?

—Quizá, solo quizá, valga la pena llamarla.

—Ella no confiaba en mí, papá. Ni siquiera quiso escuchar mi versión de la historia. No vale la pena—

Su padre soltó una carcajada.

—No estarías aquí si hubiera dejado sola a tu madre cada vez que rompía conmigo.

—¿Quieres decir que fue más de una vez?

—Así es. Las mujeres tienden a aislarse cuando están heridas. Nuestra tarea es convencerlas de que vale la pena volver a intentarlo —le dio un puñetazo en el brazo a Evan en tono de broma.

—Nunca me diste este consejo con Stacy.

—Eras solo un niño. Joven *y* estúpido. Como padre, era mi responsabilidad enseñarte todo lo que pudiera. Eso incluía dejarte caer un poco. No esperábamos que Stacy jugara tan sucio, ni que tú reaccionaras como lo hiciste. A tu madre le mataba verte consumirte cada día. Pero teníamos que dejarte aprender. Además, esa chica, Stacy, no me caía muy bien —se rió entre dientes.

—¿Qué tengo que aprender ahora?

—Tragarte tu orgullo.

—Es más fácil decirlo que hacerlo.

—Le cogerás el truco, hijo. Solo asegúrate de que no sea demasiado tarde cuando lo hagas—le dio una palmada en la espalda a Evan.—Ahora, vámonos. Tu madre debe de tener la cena lista.

Evan pensó que se estaba volviendo loco, pero por el rabillo del ojo vio el coche de Beth aparcado delante de la casa de sus padres. Al entrar en la casa, el olor de la comida de su madre le llegó a la nariz. Y, para su desesperación, el aroma afrutado y a melocotón que ahora le provocaba un escalofrío. Sin embargo, no olía como de costumbre.

—¡Has llegado temprano! Cariño, tenemos una visita encantadora.

Otro escalofrío le recorrió todo el cuerpo. No había ninguna razón para que Beth pensara siquiera en venir aquí. Y mucho menos para buscarlo a él.

Su madre le tiró de la oreja, bajándolo a su altura, y le susurró: —Pórtate bien.

Evan tragó saliva con dificultad al doblar la esquina hacia el comedor. Su alma abandonó su cuerpo junto con su capacidad para pensar.

—¡Evan! ¡Por fin estás aquí! Esa voz chirriante y penetrante rebotó dentro de su cráneo. Había olvidado lo mucho que la odiaba.

—¿Charlie?

Ella se abalanzó sobre él y lo abrazó con fuerza. Una vez más, sintió el aroma del perfume de melocotón de Beth. Olfateó la parte superior de su cabello de la forma más discreta que pudo. Era ella quien olía exactamente como Bethany.

Evan la apartó de él.

—¿Qué haces aquí?

—He venido a verte, cariño—dijo él con una mueca de disgusto al pronunciar esa palabra.—Obviamente.

—Charlie me ha dicho que lamenta mucho lo que pasó entre ustedes dos, Evan.

—¿Y qué ha pasado exactamente? —preguntó él, cruzando los brazos.

—Que rompieron —dijo su madre, un poco perdida.

Charlie lo miró y sonrió.

—Qué curioso. El nombre de la chica que rompió conmigo *no* es Charlie, desde luego—Al decir eso, Evan abrió mucho los ojos y miró a su madre.

Ella ladeó la cabeza, confundida. Hasta que lo entendió. Evan les había hablado de la chica que solía acosarlo, pero nunca había mencionado su nombre.

—Oh —su madre se agarró las perlas imaginarias.

¿Oh?

Evan ladeó la cabeza y abrió aún más los ojos.

—¡Bueno! Se acabó la hora de cenar. Ha sido un placer tenerte aquí, querido, pero creo que es hora de que te vayas.

—Pero no hemos...

—Ya la has oído, fuera. Evan abrió la puerta y empujó a Charlie hacia fuera con un solo y rápido movimiento. Intentó cerrarle la puerta en las narices, pero ella la detuvo con las manos.

—Sé lo tuyo con Bethany. No deberías estar con ella. Eres mío.

—¿Qué? ¿Y tu respuesta a eso fue comprar el mismo coche y el mismo perfume que ella? Estás completamente loca.

—Eso duele.

—Bien. Ahora vete.

Evan le cerró la puerta en las narices, esperó unos segundos con la espalda apoyada contra la puerta y luego observó por la ventana cómo el coche de Charlie salía a toda velocidad del camino de entrada. Exhaló un suspiro de alivio.

—Cariño, no lo sabía. Lo siento—dijo su madre, posando sus manos sobre el pecho.

—No pasa nada, mamá. Yo tampoco te dije su nombre, así que es culpa mía.

Un golpe en la puerta los interrumpió. ¡Qué descaro volver! ¿Podía ser más insistente?

Evan abrió la puerta con ira.

—Creí haberte dicho que—

Evan sintió que el corazón le latía con fuerza en la garganta. Un delicioso aroma a melocotón envolvió sus sentidos. Se encontró frente a unos ojos grandes, hermosos y de un azul gélido que lo miraban fijamente.

—¿Me dijiste qué?

Su voz lo conmovió. Habían pasado semanas desde la última vez que la había oído. En lugar de sentir rabia, se enamoró de nuevo.

—Beth... —susurró. La tensión de su cuerpo se desvaneció.

—¿Ah, sí?—dijo su madre, que apareció de repente a su lado.

—Eh... Hola —Beth saludó tímidamente con la mano.

—¿Qué estás...?—Evan se esforzó por tragar saliva—¿Qué estás haciendo aquí?

—Yo... quiero hablar. Si te parece bien.

—¡Claro que quiere! —su madre lo empujó hacia fuera y le dio la mano a Beth. —¡Encantada de conocerte, querida! Estaré dentro si me necesitas —cerró la puerta detrás de Evan.

Evan miró hacia atrás, luego de lado a lado, buscando una salida. En lugar de eso, suspiró y arrastró a Beth de la mano.

—Sígueme.

El patio trasero de la casa de sus padres tenía una vista clara del lago. Era lo más bonito que Beth había visto nunca. En la parte más alejada del patio había una preciosa glorieta blanca. Evan la llevó allí para hablar.

—Bueno... ¿de qué querías hablar?

Beth se abrazó a sí misma, mirando hacia el lago.

—Solo quería ver si tal vez podríamos dejar todo esto atrás y empezar de nuevo.

—¿Empezar de nuevo?

—Sí. Olvidar lo que pasó y seguir adelante.

¿Seguir adelante? ¿Así sin más?

Evan se quedó allí, sintiendo cómo la ira se acumulaba en su interior. La presión en su mandíbula le provocaba sacudidas en los dientes. Sus manos se cerraron en puños a los lados. No era la reacción que debía tener, pero le molestaba mucho que ella lo hubiera dejado como si nada. Ni siquiera tenía la más mínima confianza en él.

Y ahora estaba allí, delante de él, con el descaro de pedirle que lo olvidara todo. Así, sin más.

—¿Seguir adelante?

—Sí. Te extraño y...

—¿Acaso sabes por lo que he pasado? —La tensión de sus puños le hacía daño en los dedos.

—Evan, yo...

—¿Tienes idea de lo que me has hecho? —su voz se quebró ligeramente. —Ya me han roto el corazón antes, Beth. Pero esto... tú fuiste un ladrillo de hierro cuando mi corazón era de cristal.

—Evan, he pasado por muchas rupturas por culpa de hombres mentirosos y infieles. No puedes juzgarme por no confiar en ti.

—¡Sí que puedo, maldita sea! Nunca te di ninguna razón para no confiar en mí.

—Ella era tan convincente que yo—

—¡Mi palabra! —la interrumpió, alzando la voz. —Debería haber tenido más valor que las mentiras de una chica a la que ni siquiera conocías.

—Evan...

—No —dijo con severidad. —Ahora escúchame *tú* a mí. Superarte ha sido lo más difícil que he tenido que hacer en toda mi vida. En el momento en que rompiste conmigo, sentí que lo había perdido todo. Y así fue.

—Ahora estoy aquí, Evan.

—Sí. ¿Por qué exactamente? Porque nada ha cambiado, Bethany. Sigo siendo el mismo mentiroso de mierda que crees que soy. ¿Qué te ha hecho cambiar de opinión?

—Yo... solo pensé que podríamos arreglar las cosas y...

—Eso no responde a mi pregunta.

Beth exhaló un profundo suspiro.

—Hablé con Marcus. Me lo explicó todo.

—¿Qué te ha podido decir Marcus que yo no te haya dicho ya? Él no era el que te suplicaba, Beth, él no era al que debías creer. ¡Era yo!

—Nunca me dijiste que era una acosadora.

—¿Eso habría cambiado tu confianza en mí?

—Yo... bueno—

—Lo dudo—Evan caminó de un lado a otro y se detuvo para mirar el lago—Sin embargo, tenías razón en algo. No querer pasar por otra decepción amorosa y decidir dejarme fue lo más sensato que podías hacer—Se dio la vuelta y la miró.

—Pero *yo* no tuve esa oportunidad. No pude decidir cuándo salir porque sabes muy bien que no quería hacerlo.

—Entonces empecemos de nuevo, Evan. ¿No podemos simplemente olvidarlo y seguir adelante?

—Eso sería como lamer una herida autoinfligida y esperar que se cure, Beth. No te das cuenta de un pequeño detalle en todo esto.

—¿Cuál?

—He estado obsesionado contigo desde el momento en que te vi por primera vez. Puede que al principio fuera un enamoramiento lujurioso, pero luego me enamoré perdidamente de ti. De cara, golpeada contra el cemento duro y frío. No estabas rompiendo con el imbécil que te prestó su chaqueta solo para tener una excusa para acercarse a ti.

—Evan... para—

—Rompiste con el hombre que se enamoró locamente de ti, Bethany. Te amaba tan profundamente que tuve que irme a vivir con mis padres para no cruzarme contigo. Porque sabía muy bien que me arrodillaría a tus pies y te suplicaría.

—¿Tú... me amabas?

Evan se sentó en un banco cercano y se pasó las manos por el cabello. Luego se frotó los ojos con el dorso de las manos.

—Más de lo que jamás hubiera imaginado.

—Evan, cometí un error, lo admito. Por favor, denos otra oportunidad.

—No hay nada que desee más que eso.

—Entonces, por favor, intentémoslo.

—No. No voy a lamer la herida, Beth.

Beth contuvo las lágrimas que le brotaban de los ojos. No podía hacer nada. Estaba claro que él no podía olvidar el dolor que ella le había causado. Tragó saliva y respiró hondo para calmarse. Lo entendía, incluso estaba de acuerdo con él. Pero no podía dejarlo marchar sin más.

Por impulso y como último intento, lo besó. Lento y profundo. Y, por un momento, pareció que él le devolvía el beso con el mismo deseo y anhelo. Le acarició la mandíbula con la mano y la apartó suavemente, rompiendo el beso.

—Por favor, vete—le suplicó.

Ese susurro doloroso fue suficiente para transmitir el mensaje. Los pies de Beth no se movían. Le costó todo su esfuerzo no besarlo y suplicarle una y otra vez. Él había respetado su decisión a pesar del dolor que le causaba. Ella haría lo mismo aunque le costara la vida. Le acarició la cara con el pulgar con un gesto tierno, se inclinó y le dio un beso ligero en la mejilla. Saboreó una sola lágrima que le corría por la cara.

—Adiós, Presley —dijo con voz quebrada.

—Adiós, Harper —respondió él.

Beth se subió al coche y le costó arrancarlo. Sus manos temblorosas y las lágrimas que le nublaban la vista le impedían incluso encontrar la ignición.

Una vez que se marchara, no habría vuelta atrás. Se volvió para mirar el lago y vio a Evan de pie entre ellos. Tenía las manos metidas en los bolsillos, como siempre. Sus miradas se cruzaron, con un anhelo tácito entre ellos. Ella quería abrir la puerta y correr hacia él, pero era inútil.

No sabía que eso era precisamente lo que Evan esperaba. Había hablado únicamente por el orgullo. Pero ahora estaba perdiendo la batalla por completo. Si ella cambiaba de opinión y salía del coche, él correría hacia ella y la abrazaría con fuerza. Pero ella nunca lo hizo.

Evan sintió un dolor agudo en el corazón al ver desaparecer el coche de ella. Toda su vida había sido terrible tomando decisiones. Pero esta se llevaba la palma.

CAPÍTULO

Dieciocho

Resumiendo todo lo que me acabas de contar, cariño. ¿Fuiste allí, sin que él lo supiera, para hablar?—Britt comenzó a contar con los dedos.

—Sí—Beth se acurrucó entre sus brazos, abrazándose las rodillas.

—Te puso en tu lugar y te rechazó.

—Sí—gruñó Beth.

—Crees que no quiere volver a verte.

—Es bastante obvio, Britt.

—Claro. Y por último, pero no menos importante, todo es culpa tuya—Britt terminó de enumerar y cruzó los brazos.

—Sí, Britt, un añadido innecesario, pero sí —refunfuñó Beth.

—Querida... tal vez solo necesite un poco de tiempo para calmarse. Y tú no vas a rendirte. Te he visto dejar a idiotas por menos y nunca mirar atrás.

—Esto es diferente, Britt. No sé por qué confié tan rápido en esa perra. —Beth echó la cabeza hacia atrás contra el cabecero.

—Es el efecto Brad.

—Britt, no me hagas recordar a ese imbécil. Sigue jodiéndome la vida aunque ya no estemos juntos.

—Pues no le dejes. Esto es lo que vas a hacer, cariño. Espera un par de días, pásate por su casa, dile que lo sientes y luego follen. —La última parte la cantó.

—Te acabo de decir que fui a casa de sus padres sin avisar, lo cual, por cierto, salió fatal, y tú me sugieres que lo vuelva a hacer, pero en su casa. ¡Genial, Britt!

—No es lo mismo, cariño. Vosotros dos estaréis completamente solos—dijo Britt con voz sensual, levantando ambas cejas.

Dejando a un lado los pensamientos pervertidos, tenía razón. Quizás así podrían hablar sin distracciones. Pero, ¿qué excusa podría inventarse para presentarse en su departamento?

—¿Qué le diría, Britt? No responde a mis llamadas, y mucho menos a que llame a su puerta.

—No sé. Dile que vas a devolverle algo que le pediste prestado. Cualquier cosa que te permita cruzar la puerta de su casa y meterte en sus pantalones, cariño.

—No me estás ayudando en nada.

—Beth, solo es una excusa.

—No sé. Supongo que lo pensaré.

A pesar de la apariencia fría y tranquila que Beth fingía tener, en el fondo, lo único que quería era volver a verlo.

Todavía había un destello de esperanza entre ellos. Ella podía sentirlo. En cuanto Evan regresara, iría a su departamento y hablaría con él.

CAPÍTULO

Diecinueve

Evan regresó a su departamento unos días después de que Beth y Charlie aparecieran en la casa de sus padres. Había invitado a Marcus a su casa para hablar.

—Beth ha ido a casa de mis padres. ¿No sabrás nada al respecto, verdad? —Le miró de reojo a Marcus.

Marcus abrió mucho los ojos mientras comía sus papas fritas a cámara lenta.

—Eh, no.

Evan inclinó la cabeza de forma dramática, levantando ambas cejas.

—¡Está bien! Sí, puede que sepa algo.

Evan esperó un momento antes de hacerle un gesto a Marcus para que siguiera hablando.

—Mira, amigo...—Marcus soltó un suspiro. —Estaba muy preocupada. No respondías a sus mensajes ni a sus llamadas. Me hizo un montón de preguntas y yo se las respondí.

—¿Por qué le dijiste dónde estaba?

—Como te dije. Estaba muy preocupada por ti, Van. Parece que se arrepiente de lo que pasó entre ustedes dos. Además, no pensé que realmente fuera a buscarte.

—Bueno... lo hizo. —Evan bajó la cabeza y jugueteó con la botella de refresco que tenía en las manos, agitando el contenido con movimientos circulares.

—¿Cómo te fue?

El repentino crujido de la botella de plástico aplastada por el fuerte agarre de Evan sustituyó al breve silencio entre ellos.

—Le dije que se fuera.

—Oh... ¿estás...?

—Le dije que la amaba...

—Mierda, tío.

—Y luego me fui a mi habitación y me golpeé la cabeza contra la pared porque, ¿por qué carajos haría eso?—dijo Evan apretando los dientes y tirando la botella lejos de él.

—No es por hundir a un hombre herido, pero... tiendes a dejar que tu orgullo se apodere de ti.

—Ya no hay vuelta atrás. Definitivamente se ha acabado.

Evan se derrumbó en el sofá. Los sonidos amortiguados de la televisión se fueron apagando poco a poco hasta quedar en silencio. Había tenido la oportunidad de arreglar las cosas, pero, una vez más, su orgullo le había hecho estropearlo todo.

—Escucha, quería que nos viéramos porque tengo que pedirte un favor —la voz de Marcus llamó su atención.

—¿Ah, sí?—su rostro estaba pegado al televisor, pero sus ojos se desviaron, ausentes.
—Maisie y yo estuvimos hablando y...—Marcus se frotó la nuca.—Como todos ustedes se van a graduar en unos meses, estaría bien quedarnos todos juntos en la cabaña de tu familia. Ya sabes, para pasar un fin de semana divertido.
—Siempre y cuando no sea en Año Nuevo. Mis papás quieren celebrar allí.
—No, es el fin de semana antes de Navidad.

Evan exhaló un profundo suspiro.
—Sí, claro, ¿por qué no?
—¡Genial! Tú también puedes quedarte. Para desconectar de todo lo que está pasando, ya sabes.
—No estoy de humor, Marcus.
—Si cambias de opinión, pásate por allí.
—Te lo dejaré saber. Para ser sincero, después de todo lo que ha pasado, solo quiero estar solo.
—Te entiendo.
—Sabes que Beth no fue la única visitante que tuvimos, ¿verdad?
—¿Quién más vino?
—Charlie
—¿Qué? Le dije que se mantuviera alejada de ti.
—¿En serio?
—Sí, estaba acosando a Bethany en su trabajo y yo la defendí.

Evan se enderezó.

—¿Charlie estaba en el campus?

—¿Cómo crees que habló con Beth la primera vez?

—No lo había pensado.

Esa bruja malvada. Es posible que supiera de ellos mucho antes de encontrarse con Beth. Seguro que fue precisamente por eso por lo que volvió a la ciudad. Evan pasó años sin saber nada de ella mientras estaba soltero. Le enfurecía pensar que todo había sido un plan suyo para separarlos.

—¿Sabías que compró el mismo modelo de coche que Beth? Incluso usaba el mismo perfume.

—Maldita sea, está loca.

—Y que lo digas.

Evan echó el cuerpo hacia atrás y se cubrió la nuca con las manos. Todo era un desastre. Tenía que trabajar en su orgullo y, la próxima vez que la viera, suplicarle de rodillas. La idea de arrodillarse ante ella le provocó una pequeña descarga en los testículos.

CAPÍTULO
Veinte

Los días se convirtieron en semanas. Entre las clases y la cafetería, Beth estaba agotada. El semestre estaba a punto de terminar y era lo único que la mantenía en pie. Evan no se le quitaba de la cabeza. No había ninguna excusa lo suficientemente buena como para ir a llamar a su puerta. Pensó que ambos eran adultos y que bastaba con ir allí a hablar.

Después de su turno del viernes, Beth regresó a casa, se bañó y se cambió de ropa. Llegó a la entrada de la casa de Evan en un tiempo récord. Tuvo la oportunidad de regresar a casa y dejar las cosas como estaban. Pero eso no era propio de ella. Se debía a sí misma intentarlo.

Caminó con confianza hasta la puerta y, justo antes de llamar, esta se abrió.

Beth se quedó con el puño en alto. Evan se quedó en la puerta mirándola profundamente a los ojos.

—Esto se ha convertido en una costumbre entre nosotros, ¿eh?—bromeó Evan, apoyando el brazo en el marco de la puerta.

—Supongo—, respondió Beth con una risita.

—¿Qué... puedo hacer por ti?

—Sinceramente, iba a inventarme alguna excusa para venir a verte, pero pensé que los dos somos adultos, así que—

Evan no lo demostró, pero su ansiedad mezclada con la alegría de tenerla frente a él otra vez le hacía mover una cola imaginaria.

—Pasa. Iba a jugar con los chicos, pero les enviaré un mensaje para decirles que llegaré tarde.

Un silencio ensordecedor se apoderó de la sala de estar. El sofá parecía separarlos como un océano. Beth volvió a examinar el departamento. Los pisos impecables, los estantes organizados que ya había visto, la cocina y su recámara. Pero el lugar era lo suficientemente grande como para tener otras habitaciones que aún no había visto.

—Ya has visto todo mi departamento. Yo nunca he tenido la oportunidad de ver el tuyo—, logró decir Beth para romper el hielo.

—¿Quieres que te lo enseñe?—dijo él con sarcasmo.

—No me importaría.

—Oh... pensé que bromeabas.

Beth se encogió de hombros.

—Quiero decir... sí, claro.

Evan llevó a Beth a recorrer las habitaciones de su departamento. Si ya le había impresionado la primera vez, ahora se quedó boquiabierta ante la increíble limpieza del resto de su casa. No había ni una sola cosa fuera de lugar. No le habría sorprendido que todo tuviera una etiqueta con su nombre. Pasaron por una habitación que él no le mostró. Ella intentó no darle importancia, pero la curiosidad acabaría por vencerla.

—¿Quieres algo de beber?

Sus pensamientos se interrumpieron cuando él habló.

—Estaría bien.

Evan le entregó una botella de agua fría y se apoyó en la encimera. Ella se sentó en la isla frente a él. Él intentó no mirarla, pero sus ojos, al igual que su cuerpo, ejercían una atracción magnética sobre ella.

—Quizá me esté pasando un poco...—Beth se mordió el interior de la mejilla. —Pero ¿puedo preguntarte qué pasó con tu ex? Me refiero a la verdadera.

—Era joven y tonto —dijo él, bebiendo agua a grandes tragos y derramando un poco por la comisura de los labios.

Algo tan mundano como beber agua de una botella no debería tener ningún efecto en Beth. Pero el movimiento de su garganta al tragar y la forma en que se movía su boca le recordaron otras cosas que él había bebido con la misma sed. Una sola gota de agua se deslizó desde la comisura de sus labios hasta su mandíbula. Sus ojos la siguieron en cada segundo. Se dio cuenta de que lo estaba mirando fijamente durante demasiado tiempo. Sacudió la cabeza para volver a la realidad.

—¿Eso es todo?

—Quería casarme con ella. Pensaba que era el amor de mi vida.

—¿Y? ¿Qué pasó?

—Un día fui a su apartamento para darle una sorpresa por su cumpleaños. Resultó que fui yo quien se llevó la sorpresa. La pillé en la cama con otro hombre.

—Ay.

—Sí. Después de eso, caí en una espiral de depresión. A mis papás les costó mucho sacarme de ahí.

La mirada de Evan se perdió en el suelo. Como si los dolorosos recuerdos se reprodujeran como una película en su mente.

—No puedo decir que te entienda del todo. Pero te entiendo. Yo pasé por algo parecido. Una ruptura horrible, por cierto—dijo ella, dando un sorbo a su agua.

Evan no podía controlar su mente. La forma en que la botella encajaba perfectamente entre sus labios le dio ideas descabelladas. Solo tendría que sustituir la botella por algo mucho más... sustancioso. Hacerla tragar un líquido mucho más espeso y salado. Se sorprendió mordiéndose el labio mientras la miraba con demasiada intensidad. Se aclaró la garganta y enderezó el cuerpo.

—¿Lo encontraste con otra chica?—logró decir.

—En mi propio departamento. Sí.

—Ay —imitó la forma en que Beth había dicho lo mismo antes.

Ambos se rieron.

—Pero todo eso es pasado. Por mí, ese bastardo pelirrojo puede pudrirse en el infierno.

—Pasé un tiempo odiando ese color de pelo—se rió él.

—¿Por qué?

—El hombre con el que Stacy me engañó tenía el pelo cobrizo, *y* Charlie tiene el mismo color.

—Claro, Charlie. Casi se me olvida que ella...—Beth miró directamente a Evan. —Espera un momento, ¿has dicho Stacy? —preguntó Beth, enderezándose y cruzando los brazos.

—Sí. Ese es el nombre de mi ex.

—Es poco probable, pero al fin y al cabo es un pueblo pequeño. ¿No se apellida Williams, por casualidad?

—Sí... en realidad sí. ¿Cómo lo sabes?—Evan ladeó la cabeza.

—Porque esa es la puta con la que me engañó *mi* ex.

—No puede ser. Espera, ¿cuándo te engañó?

—El año pasado.

Evan golpeó la botella contra la barra.

—Esa perra siguió acostándose con él después de engañarme. Juró que lo iba a dejar. Y pensar que casi me trago sus lágrimas falsas y sus excusas.

Beth se quedó paralizada, mirando al suelo.

—Nunca fui su novia oficial. Era su amante—dijo golpeando la botella de agua contra la barra y derramando un poco de agua sobre ella. —Sabes, he salido con muchos chicos. Pero nunca les di a los demás lo que le di a él.

Evan se apresuró a limpiar el agua del mostrador.

—Entonces, ¿nuestros ex se acostaron entre ellos y nosotros acabamos acostándonos también? Es una locura.

—Lo hicimos mucho mejor que ellos. —Beth levantó la barbilla, fingiendo una victoria.

Evan hizo una mueca al recordar cómo Stacy era follada por detrás. Nunca olvidará cómo el nombre de otro hombre se deslizaba de su lengua justo antes de cruzar la mirada con él.

—Sí...—dijo, frotándose la nuca.

Ambos se rieron juguetonamente, con la mirada fija el uno en el otro. Evan no tenía nada más en la cabeza que agarrarle la cara y atraerla hacia él para besarla. Su cuerpo la deseaba con locura. No sabía que Beth se moría por sentir el más mínimo roce entre sus pieles.

Beth apartó la mirada. Su atención se centró en la única habitación que aún no había visto. Bajó de la encimera y se dirigió hacia ella.

—¿Qué hay en esta habitación? —Su mano se estiró para abrir la puerta.

—¡Beth, no! Detente, no—

Beth abrió la puerta de un golpe a pesar de las protestas de Evan. Ante ella se encontraba una habitación llena de lienzos. Había docenas, tal vez más de cincuenta, apilados y apoyados unos contra otros. Caminó alrededor estudiando cada uno con asombro.

Un tema recurrente dominaba en su arte. La misma mujer estaba pintada varias veces en diferentes etapas de su vida. Algunas daban la sensación de estar inacabadas. Era evidente que la que tenía delante no era el caso. Un cuerpo muy detallado con el rostro borroso, como un recuerdo difuso. Beth empezó a sentir que estaba mirando un espejo que le permitía viajar en el tiempo.

Miró a Evan, que estaba encorvado, con las manos en los bolsillos y la mirada avergonzada clavada en el suelo. Su corazón casi se detuvo cuando se encontró con un lienzo que le recordó su primer año en la universidad.

Había intentado trenzarse el cabello todas las mañanas, pero fracasaba miserablemente cada vez. Sus finos cabellos le sobresalían en la frente. Con el encantador toque de una trenza sin terminar en las puntas.

Junto a él había un cuadro en el que solo se veía la parte posterior de su cabeza. Su largo cabello caía sobre el respaldo de la silla.

Junto a él, cubierta de polvo, había una mujer con el pelo corto. Oh, cómo odiaba esa etapa. Britt la había convencido para que probara algo atrevido y nuevo. Por qué le hizo caso era algo que Beth no podía entender. Cada uno de los cuadros con rostros borrosos tenía detalles específicos a los que él había prestado atención.

—¿Todo esto soy yo? —preguntó ella con voz suave.

—En su mayoría—, respondió él, sin apartar la mirada del suelo.

En medio de la habitación había un caballete cubierto con una manta. Beth la levantó con la punta del dedo y descubrió una representación realista de sus ojos, nariz y boca. El resto del boceto la mostraba tumbada sobre una almohada.

—Este no está terminado. —Había un poco de decepción en su voz.

—No tuve mucho tiempo para mantener vivo el recuerdo— dijo él, acercándose a ella con pasos cortos y perezosos.

—¿Por eso el resto está borroso?

—Me cuesta recordar los detalles. Si no pinto lo que veo inmediatamente, simplemente se desvanece. Ha sido así desde que era niño.

Beth podía sentir la mirada de Evan en su piel. Antes le había costado fingir que no la miraba, pero ahora tenía los ojos fijos en ella. No sabía qué pensar ni qué decir. Cuanto más estudiaba él su figura, más se le erizaba el vello en su cuello.

—¿Por qué yo?—preguntó ella, mirándolo ahora a los ojos.

Su expresión suave y triste le llegó al corazón.

—La primera vez que te vi fue el momento de mayor claridad que había tenido en mi vida. Todo en ti era puro arte. —Evan trazó suaves líneas en su hombro. —El más fino velo de un atisbo de la belleza en tu rostro fue mi musa. Pero cuanto más intentaba recordarte, más rápido se desvanecía el recuerdo.

—Le rodeó el rostro con las manos y la suavidad de su mirada la hizo derretirse bajo su tacto. —La noche de la tormenta, no dormí. Pasé cada segundo despierto admirando cada centímetro de tu rostro para no olvidarlo.

—Pero solo pintaste la mitad de mi rostro.

—Es todo lo que necesitaba recordar. Es en lo que me pierdo cada vez. —Evan se inclinó y rozó sus labios con los suyos.— La eternidad no sería suficiente para abarcar toda la belleza que eres.

El lento ardor de un beso amoroso hizo que a Beth se le llenaran los ojos de lágrimas. La ternura de su caricia y el anhelo de sus labios le clavaron una dolorosa daga en el pecho. Tenerlo tan cerca y tan lejos. Había arruinado la mejor relación que podría haber deseado, y eso la mataba cada día que estaban separados. Si supiera cómo arreglar lo que se había roto entre ellos, lo haría sin dudarlo.

El sabor amoroso se convirtió en un resentimiento amargo. Evan se apartó bruscamente, dándole la espalda. Luchó por ocultar el torrente de lágrimas que luchaba por brotar.

—Debería...—Evan tragó saliva. Su voz temblaba. —Debería llevarte a casa. Se está haciendo tarde.

Beth quería rodearlo con sus brazos y no soltarlo nunca. Pero sabía que la batalla tácita que había iniciado se estaba apoderando de él. El dolor que le había causado requeriría más que un simple beso para borrarlo.

—Sí. Eso estaría bien —fingió una sonrisa.

Evan estacionó su auto detrás del de Beth y la acompañó al departamento. No había abierto la puerta del todo cuando oyó a Evan alejarse.

—¡Evan!

Él se detuvo y la miró por encima del hombro.

—Lo siento.

Él giró el cuerpo hacia ella.

—Te hice más daño del que quiero admitir. Debería haber confiado en ti o, al menos, haber escuchado tu versión de los hechos. Su voz temblorosa sonó débil y aguda. —Pero solo quiero que sepas que lo siento de verdad. Si hay alguna posibilidad, por pequeña que sea, de que podamos arreglar esto, por favor, dímelo.

Evan dudó durante un largo y tortuoso segundo. La súplica en sus palabras casi lo hizo correr hacia ella. Debía de ser el hombre más estúpido del mundo por dejarla así, abandonada. Pero sus pies se movieron por sí solos. El cerebro ignorante por encima del corazón herido.

Los pesados pasos que bajaban las escaleras destrozaron todo lo que había dentro de Beth. Su respuesta no podía haber sido más clara. Cerró la puerta detrás de ella y se deslizó contra ella. Una oleada de dolor desenfrenado hizo que las lágrimas le corrieran por las mejillas. Sollozos y gritos incontrolables amortiguados por las palmas de sus manos. Se dio cuenta de que, de todas las malas decisiones que había tomado en su vida, esta era la peor. No porque hubiera metido la pata, sino porque existía la posibilidad de que acabara de perder al amor de su vida.

Evan se quedó sentado en su coche durante más de quince minutos, perdido en sus pensamientos. Se dio cuenta de que ni siquiera lo había encendido. Ya había cometido dos veces el mismo error de dejar marchar a Beth.

Traga tu orgullo, Evan.

Sin pensarlo mucho, salió del coche y corrió hacia el apartamento de Beth. Fue a llamar a la puerta, pero dudó un momento.

—¡Beth!—, gritó en su lugar.

Esperó una respuesta, pero solo se oyó un profundo silencio en el vestíbulo.

—Beth... —apoyó la frente en la puerta. —Si me oyes, no hace falta que abras la puerta. Solo escucha.

Esperó de nuevo, pero no obtuvo respuesta. Sin embargo, tenía la sensación de que ella estaba al otro lado. Tenía razón.

—Todo lo que he vivido contigo ha sido una novedad para mí. Y yo... —exhaló un suspiro de frustración. —No sé cómo manejar esto adecuadamente. Lo único que sé es que no quiero perderte. Aunque me lleve tiempo. Solo necesito un poco de tiempo para pensar.

Beth apoyó la espalda contra la puerta y dejó que su cabeza golpeara ligeramente contra la madera barata. Escuchó atentamente sus pasos vacilantes, nada apresurados como antes.

Aunque lo entendía, se sentía como si fuera un ratón persiguiendo al gato. Si lo que él necesitaba era espacio, se lo daría. Pero había un límite a lo que podía aguantar antes de que su corazón se rindiera.

CAPÍTULO
Veintiuno

El descanso de Beth estaba a punto de terminar. Le dolían mucho los pies. El horrible banco que había detrás del puesto de café era ahora mismo el paraíso para ella. Giró la cabeza hacia unos tímidos pasos que se acercaban.

—Beth, ¿puedo hablar contigo un momento?

Beth descargó su frustración con Dustin. Llevaba días siguiéndola, rogándole que convenciera a Brittney para que lo perdonara. Y ahí estaba otra vez.

—Dustin, llevas días siguiéndome como un cachorro perdido. Dime lo que quieres y déjame en paz—dijo ella, apoyando el codo en la mesa y descansando la cabeza en la mano.

—Está bien, seré sincero. Necesito que hables con Britt.

Dustin se sentó frente a Beth.

—¿Sobre qué? —refunfuñó ella.

—Solo... ya sabes, convéncela de que me dé una oportunidad.

—Habéis roto, ella no quiere hablar contigo, Dustin, no hay nada que yo pueda hacer. Britt es muy terca y tú lo sabes.

No se le escapó la ironía de lo que había salido de su boca.

—No hace falta que me lo repitas. Pero realmente necesito que hables con ella.

—¿Por qué no admites que extrañas sus pechos y sigues adelante?

—Eso no es... Quiero decir que sí las extraño, sigo siendo un hombre, por el amor de Dios. Pero no es por eso por lo que quiero recuperarla, Bethany.

—Olvida por qué la quieres de vuelta. Tengo una pregunta mejor. ¿Por qué rompieron en primer lugar? —Cambió de postura y se sentó frente a Dustin.

—Porque soy un maldito idiota —dijo él, bajando la mirada hacia sus dedos inquietos.

—Britt lo sabía incluso antes de estar contigo, Dustin, y esa no es una buena razón.

—Mira, cometí un error. Un error muy estúpido y muy grande. Tenía miedo y lo eché todo a perder.

—¿Miedo de qué?

—Ya sabes... de lo que vendría después.

—¿Y eso es?

—El compromiso.

—Eso sigue sobre la mesa si volvéis a estar juntos, Dustin. ¿Qué más da?

—La diferencia es que he aprendido la lección. Ella vale mucho más de lo que me atrevía a admitir, y lo eché todo a perder. Para ser sincero, pasé la mayor parte del tiempo que estuvimos juntos siendo celoso y territorial.

—¿De qué, Dustin? Britt estaba locamente enamorada de ti.

—Estaba demasiado ciego para verlo. Ella es sexy e inteligente, todo un partido. Y yo soy... bueno, yo. Me dolía el orgullo cada vez que otro chico la miraba.

—Pero ella estaba contigo, no con ellos.

—¡Ahora lo sé! Ya te dije que era un maldito idiota. No soy el clavo más brillante del grupo.

Beth frunció el ceño, confundida.

—Eso no va así, ¿verdad?

—No—, dijo Beth con una sonrisa.

—Mira, siento haberte molestado tanto últimamente. Pero necesito una oportunidad para hablar con ella. Por favor.

—Veré qué puedo hacer.

Beth tenía la inquebrantable sensación de que alguien la estaba observando.

CAPÍTULO
Veintidos

Quedaba un mes para que terminara el semestre. Evan podría haber sacado mejores notas, pero su musa se había convertido en una distracción para él. Había intentado sacársela de la cabeza, pero estaba resultando una tarea imposible.

Casi cada vez que se cruzaban en el campus, ella estaba con el mismo chico. La seguía a todas partes y se sentaba en la misma mesa que ella entre clases. Las primeras veces pensó que era un amigo, pero era obvio que era más que eso.

Los chicos habían invitado a Evan a jugar al baloncesto. De camino a la cancha, los vio de nuevo. Más juntos que antes. Una ira ardiente se apoderó de Evan. Si no hubiera habido tanta gente alrededor, seguro que habría corrido hacia allí y le habría dado un puñetazo en toda la nariz a ese maldito idiota. La mirada de lástima en sus ojos y la forma en que le cogía la mano era como un cachorro suplicante.

Tenía que estar suplicándole algo más que un café.

Le costaba admitirlo, pero la mente de Evan estaba terriblemente envenenada por los celos.

La idea de que otro hombre tocara a Beth de la misma manera que él le provocaba retortijones en el estómago. Incluso después de que el bastardo se hubiera ido, Evan no podía apartar los ojos de ella. Su mirada oscura se posó en ella.

Beth se pellizcó el puente de la nariz y suspiró. Su conversación con Dustin la había dejado pensativa. En cierto modo, ella y Dustin eran parecidos. Dejaban que su pasado y sus propios juicios arruinaran una buena relación.

—¡Evan! ¿Vienes o qué?

Beth giró la cabeza hacia la voz. Marcus lo llamó por su nombre. Lo buscó frenéticamente con la mirada y lo vio. Estaba apoyado contra un poste. Tenía una mano escondida en el bolsillo y una pelota de baloncesto bajo el otro brazo. Sus ojos oscuros y salvajes la miraban. Una pequeña descarga le recorrió la espalda. Quería correr hacia él, pero su cuerpo no se movía.

Él se dio la vuelta y se marchó. ¿Acaso la había visto con Dustin y pensó que estaba con él? Porque esa cara gritaba celos como el eco de una avalancha. Sus ojos brillaban como los de un tigre desesperado por luchar por su territorio. Beth sacó su teléfono y le envió un mensaje.

Beth: Si tienes algo que decir, dímelo a la cara.

Él había visto el mensaje. El globo de conversación apareció y desapareció un par de veces, pero él no respondió.

La respuesta de Evan no llegó hasta unas horas más tarde, cuando ella ya estaba con Britt en su departamento.

Evan: En realidad, no.

Beth puso los ojos en blanco y tiró el teléfono sobre la cama.
—Vamos. Por favor, Beth, te lo estoy suplicando de rodillas. Brittney suplicó como una niña llorona.
—He dicho que no, Britt.
—¿Cuántas veces tienes la oportunidad de quedarte en una cabaña durante el invierno?
—Nunca, y no me interesa en absoluto.
—Por favor, Beth, por favor.
—¿Por qué quieres que vaya, Britt?
—Yo... invité a Dustin.
—¿Qué has hecho? Britt, te dije que hablaras con él, no que lo invitaras a una cabaña donde estaréis solos los dos.
—Verás, te necesito para que me des apoyo moral, Bethany, por favor.
—No, lo que necesitas es enviarle un mensaje de texto y decirle que los planes se han cancelado, Britt. Pasó casi dos

meses tratando de convencerte de una sola cita y tú te negaste todas las veces. ¿Por qué lo invitaste a la cabaña si no estás interesada en él?

—En primer lugar, no voy a hacer eso. En segundo lugar, puede que esté un poco interesada en él. Y cuando me dijiste que te había pedido que me convencieras de hablar con él, yo simplemente—

—Bueno, no me importa. No voy a ir.

—Bethanyyyy. —Alargó su nombre con el tono más desagradable posible.

—No, Britt. La última vez que dejé que me arrastraras a algo que no quería hacer, terminé acostándome con Evan.

—Oye, no es que te obligara. Habrías terminado acostándote con él independientemente del lugar en el que lo hubieras conocido. Ese hombre lleva años loco por ti.

—¿Qué quieres decir exactamente con eso?

—Vamos, Beth. Te espiaba cada vez que podía, y yo veía cómo te miraba cada vez. Como un perro callejero mirando un filete.

—Eso no viene al caso. No me voy a quedar en la cabaña contigo, y eso es definitivo.

—Te lavaré la ropa cada semana durante un mes.

—No.

—¿Dos meses?

—Está bien. Pero tú compras el detergente.

—¡Sí! ¡Te quiero!—dijo Brittney en la mejilla de Beth mientras la cubría de besos.

—¡Déjame en paz!

Beth no podía negar que unos días fuera con sus amigas era justo lo que necesitaba para relajarse. El chocolate caliente y las películas románticas no podían hacer mucho por ella.

CAPÍTULO
Veintitres

Beth llevaba semanas temiendo este día. Era una mujer que no rompía sus promesas y realmente necesitaba trabajar en eso. Brittney llevaba días insistiendo sin parar a Beth sobre el fin de semana en la cabaña. Hasta tal punto que automáticamente ponía los ojos en blanco cada vez que oía la palabra 'cabaña', sin importar quién la mencionara.

El final del semestre y los exámenes finales coincidían con el turno de Beth. Por mucho que durmiera, no podía recuperarse del cansancio que le causaban las horas extras. Especialmente cuando Britt no la dejaba dormir. Se pasó toda la mañana metiéndole prisa, y Beth apenas pudo meter toda su ropa en la maleta.

El viaje a la cabaña le resultaba extrañamente familiar. Si Britt hubiera girado a la izquierda, sin duda habrían llegado a la casa de los padres de Evan. Beth sacudió la cabeza, apartando de su mente cualquier pensamiento sobre él. La había dejado plantada después de decirle que lo único que necesitaba era un poco de tiempo. No le gustaba nada que la hubiera tratado con silencio después de eso.

Si iba a estar en la cabaña durante tres días, lo menos que podía hacer era disfrutar. Había tantas cosas que podía hacer para relajarse y olvidarse de las clases y el trabajo. Pensar en Evan no estaba en esa lista.

Después de perderse varias veces y ser las últimas en llegar, Marcus ya estaba en la cabaña esperándolas. O al menos eso pensaba Beth.

—¡Beth! —dijo Marcus entre dientes—¡Qué sorpresa tan agradable verte!

Beth se volvió para mirar a su amiga, que ahora sonreía torpemente con las manos a la espalda, fingiendo ignorancia.

—Le pregunté a Maisie si podía invitarla y me dijo que no había problema —Britt le dedicó una tímida sonrisa.

—Sí... eso está... bien —Marcus le dedicó una sonrisa forzada y educada mientras tecleaba en su teléfono, ya que acababa de enviar un mensaje. —No debería haber ningún problema con las habitaciones. Están todas ocupadas, así que podéis dormir juntas, chicas.

—Eh, sobre eso... —Britt jugueteó con los dedos. —Invité a Dustin.

—¿No les has dicho nada de nosotros dos, Britt?

—No, pensé que una cabaña tenía muchas habitaciones.

—Es cierto. Pero, como te he dicho, ya están todas ocupadas.

—Tiene que quedar una libre.

—Bueno... sí, pero esa es la habitación de Evan, Britt. —Marcus cruzó los brazos sobre el pecho.

—¿Está aquí? —preguntó Beth de repente. —Solo... para saber si la habitación está disponible, eso es todo.

Fue un desliz patético.

—Le he enviado varios mensajes y no me ha respondido. Es posible que no venga.

—¡Perfecto! Entonces Beth puede quedarse con esa habitación y Dustin dormirá conmigo. ¡Todo está bien! —cantó la última parte con alegría.

—Supongo —Marcus respiró profundamente mientras se pellizcaba el puente de la nariz. —Les mostraré sus habitaciones.

El interior de la cabaña era maravilloso. Al pasar el vestíbulo, una gran sala de estar de dos pisos daba la bienvenida al grupo. Con una enorme chimenea de piedra al fondo. Grandes y hermosas ventanas con una impresionante vista al lago. El toque adicional de la nieve que las cubría lo hacía aún más hermoso.

Los propietarios debían de ser de una familia numerosa. Arriba, cada habitación tenía su propio baño, además de los dos que había en la planta baja. Todas las habitaciones tenían una cama de matrimonio y un televisor colgado en la pared frente a ellas. Los armarios eran más grandes que el baño de Beth.

La habitación en la que se iba a alojar Evan tenía la ventana más grande de todas. Unas cortinas finas como el papel que dejaban pasar la luz de la luna cubrían la ventana. Beth ya sabía que eso le impediría dormir. No le gustaba dormir en habitaciones muy iluminadas. El aroma de la madera se veía obstaculizado por el olor abrumador del polvo y la humedad. Tendría suerte si eso no le provocaba alergia.

Beth rebuscó en su bolsa de viaje y tiró todo sobre la cama. Todo estaba allí, excepto su pijama y su ropa interior.

¡Ay, no! Otra vez no. Maldita sea, Brittney.

Beth se frotó la frente con el dorso de la mano, frustrada.

Había conseguido empacar todo lo esencial. Pero, con las prisas, debía de haber olvidado lo más importante. El hecho de que fuera invierno le hizo pensar que los vestidos no eran una buena opción para una cabaña, así que, en realidad, no tenía nada cómodo ni lo suficientemente largo para ponerse por la noche. Podía usar sus "*leggings*", pero se ensuciarían al primer día allí.

Beth se dejó caer en la cama y miró al techo. Entonces se acordó del armario. Quizás la familia propietaria de la cabaña había dejado algo de ropa. En cuanto se abrieron las puertas, se encontró con docenas, si no más, de camisetas de tallas grandes.

Aleluya.

Revisó cada una de ellas, buscando la camiseta más grande y cómoda que había. Todas tenían estampados el logotipo de un equipo deportivo o diseños masculinos y machistas. Por suerte, encontró una gris lisa.

Después de salir de la ducha, se puso la camiseta y se detuvo a medio camino para olerla. Al principio olía a humedad, pero Beth percibió un ligero aroma a la colonia de Evan. Estaba claro que estaba perdiendo la cabeza. El hecho de que él se fuera a quedar allí no significaba que esa ropa fuera suya.

Se roció con su perfume, tratando de disimular su olor. Pero fue inútil, la colonia dominaba cualquier otro aroma adherido a la tela. Quizás era simplemente que ella había decidido distinguir solo ese aroma.

Tal y como pensaba, la luz que entraba por la ventana no la dejaba dormir en absoluto. Eso y el hecho de que la colonia de Evan la hacía retorcerse bajo las sábanas. Quería frotar la camisa contra sí misma como un gato con un ovillo de lana. La idea de tenerlo allí, con su enorme cuerpo envuelto alrededor del suyo, invadió su mente.

Antes de que pudiera darse cuenta de lo que estaba haciendo, sus dedos ya estaban explorando la resbaladiza hendidura entre sus piernas. Se pasó una mano por el pecho, tirando de su pezón. Imaginando los dedos de él en su lugar. Cuanto más olía la camisa, más se empapaban sus dedos. Justo cuando estaba disfrutando, su estómago gruñó. Se detuvo y se tapó los ojos con un brazo.

¿Qué carajos estoy haciendo?

Pensar en Evan no estaba en la lista, se recordó a sí misma. Pero fracasó estrepitosamente. Saltó de la cama y bajó las escaleras de puntillas. Todo el mundo debía de estar dormido cuando salió a explorar.

El viento aullaba en la cabaña y hacía que Beth temblara. Aprovechó la oportunidad y recorrió el resto de la cabaña. Al cabo de un rato, su estómago volvió a rugir.

Vale, vale, lo pillo. Basta ya.

Caminó hacia la cocina, que estaba mal iluminada. Miró a su alrededor, pero no encontró el interruptor de la luz. Caminó con cuidado hacia el refrigerador, lo abrió y se encontró con una abrumadora abundancia de... nada. El refrigerador estaba vacío. Esperaba encontrar al menos un poco de leche y cacao en polvo para hacer chocolate caliente. Pero, aparte de condimentos y algunos productos caducados, no había nada que pudiera comer. ¿Por qué nadie había pensado en comprar comida para el fin de semana?

Buscó en todos los estantes y rincones del refrigerador. Debía de estar tan concentrada en su búsqueda de algo para comer que no oyó los pasos que venían de la sala. Una profunda voz masculina la sobresaltó.

—¿No puedes dormir, princesa?

CAPÍTULO
Veinticuatro

La nevada retrasó la llegada de Evan a la cabaña de su familia unas horas. Los chicos lo estaban esperando desde el atardecer. Decenas de mensajes de texto sin leer de Marcus cubrían la pantalla de bloqueo de su teléfono. No tenía la energía mental para responderlos todos. Su única preocupación era llegar allí sin tener un accidente. El viento nevado amainó lo suficiente como para que pudiera llegar sano y salvo.

Evan vino aquí con nada más que su mochila, ya que el armario de su habitación todavía tenía suficiente ropa para el fin de semana. Por supuesto, lo más probable es que olieran a polvo. Habían pasado varios meses desde la última vez que su familia se había alojado en su segunda residencia. Y la última vez que él y su padre vinieron a pescar, tampoco utilizaron la cabaña.

En cuanto Evan abrió la puerta de su habitación, juró que se estaba volviendo loco. Una poderosa ola de ese dulce perfume a melocotón asaltó su nariz.

Lo que antes hacía que su cuerpo reaccionara con excitación, ahora lo llenaba de recuerdos dolorosos. En ese momento, Evan deseó que las cosas fueran diferentes. Estos últimos meses habían sido un infierno emocional para él. Todos los días se despertaba demasiado temprano para su comodidad, pensando en llamar a Beth. Y todas las noches de insomnio, luchaba con la tentación de enviarle un mensaje de texto. Solo para preguntarle cómo estaba.

Pero tenía la sensación de que ella lo ignoraría o le mentiría. Evan sabía que ella tenía un nuevo novio. Cada vez que los veía juntos, sentía un impulso primitivo de golpearse la cara contra el suelo y llevársela como lo haría un neandertal.

Pero él era mejor que eso, y esa era la razón principal por la que decidió evitarla a toda costa. Le dolía demasiado verla y no poder tocarla. Pasar unos momentos a solas con ella habría causado estragos en su autocontrol, y él conocía muy bien esa sensación.

Evan, como casi todas las noches de los últimos meses, había hecho todo lo posible por conciliar el sueño. Pensó que la tranquilidad de la cabaña del lago y el cansancio del viaje le ayudarían a descansar un poco. Pero se equivocó. El persistente aroma de su perfume mantenía a Evan despierto e inquieto.

Voy a bajar a por un poco de leche. Quizá eso me ayude.

Se oyeron ruidos y golpes metálicos procedentes de la cocina. Evan se detuvo en seco. No sería nada extraño, ya que el resto de los chicos ya estaban allí. Quizás alguno de ellos se encontraba en la misma situación que Evan.

Se escabulló tan silenciosamente como pudo. Se acercó de puntillas al arco de la cocina. Cuanto más se acercaba, más fuerte olía el perfume de melocotón. Ahora estaba seguro de que debía de ser porque estaba hambriento. O porque realmente estaba perdiendo la cabeza.

Las tenues luces del refrigerador abierto iluminaban una pequeña sección de la cocina. Hizo todo lo posible por ver quién estaba saqueando el refrigerador. Cuando sus ojos se acostumbraron lo suficiente a la oscuridad, su corazón se detuvo.

Esos muslos delgados y ese trasero redondo y firme los reconocería en cualquier lugar y bajo cualquier tipo de luz. Bethany buscaba frenéticamente entre los pocos artículos que había dentro del refrigerador. Llevaba una camiseta extragrande a modo de camisón. Cuanto más se agachaba para buscar, más evidente se hacía que no llevaba ropa interior. La cereza del pastel eran esos labios carnosos y rosados que brillaban, suplicándole. La camiseta era lo suficientemente larga como para cubrirla cuando estaba de pie, pero al agacharse, su generoso trasero la deslizó lo suficiente como para ofrecerle a Evan un espectáculo. Su polla se estremeció, recordándole cómo se sentía tomarla en esa posición.

Ahora que lo pensaba, esa camiseta le resultaba extrañamente familiar. Ladeó la cabeza, tratando de descifrar lo que ponía en la parte de atrás. Evan no pudo evitar sonreír. La palabra "Presley" estaba estampada en grandes letras azules en su pequeña espalda.

No estaba seguro de si ella sabía lo que se había puesto o no. Pero le divertía pensar que sí. ¿Podría ser que ella lo extrañara tanto como él a ella? ¿O era solo él creando escenarios improbables en su mente?

Evan se quedó allí, mirándola más tiempo del que debía. Podía simplemente darse la vuelta y volver a su habitación. Fingir que nunca la había visto y marcharse por la mañana. Inventarse alguna excusa para los chicos y olvidar que la había visto. Pero su boca fue más rápida que su cerebro.

—¿No puedes dormir, princesa?

Su voz sobresaltó a Beth, que se giró bruscamente y cerró la nevera con demasiado ruido.

—Mierda. Evan, me has asustado. —Después de un momento, se dio cuenta del nombre que acababa de pronunciar.

—¿Evan?—Entrecerró los ojos para intentar verlo mejor.

La luz de la luna se filtraba en la habitación, lo suficiente para que Evan pudiera verla con claridad. Se acercó a ella con pasos lentos y firmes.

—No es posible que me haya vuelto tan feo en solo unos meses, ¿verdad?—bromeó.

—Siempre has sido feo. Pero pensaba que estaba sola y me has asustado. —Le dio una palmada en el pecho.

Evan soltó una risa entrecortada.

—Pero no has respondido a mi pregunta.

Evan se recostó contra la isla de la cocina con las manos en los bolsillos de su pijama. Beth se quedó mirando fijamente cómo la luz de la luna iluminaba su cuerpo musculoso y sin camiseta. Era fácil ignorarlo cuando estaba completamente vestido. Pero ella conocía muy bien ese pijama. Era uno de los muchos que Beth le había regalado, con un magnífico agujero en el medio que ella había aprovechado tantas veces mientras estaban juntos. Sacudió la cabeza y ordenó sus pensamientos.

—Sí. Yo... no puedo dormir. Estaba buscando leche y chocolate. Me apetecía un chocolate caliente.

—Se necesita un tiempo para acostumbrarse al silencio del lago. Estoy seguro de que te dormirás cuando vuelvas a la cama.

—No. El silencio del lago es muy reconfortante. Hay... otras razones por las que no puedo dormir.

—¿Cuáles?

Después de oler tu colonia, no pude dormir y casi me complací pensando en ti.

Eso era lo que Beth deseaba desesperadamente soltar. Todo en esta cabaña gritaba Evan Presley. Incluso las sábanas olían a él. La volvió loca toda la noche, haciéndola inquieta.

—Quizá sea solo la escuela. Los exámenes finales fueron una pesadilla y la cafetería estuvo más concurrida que nunca. Solo estoy... un poco estresada, eso es todo. Además, la habitación en la que me alojo tiene la ventana más grande y las cortinas más finas de toda la cabaña. Supongo que la luz me molestaba. Estoy acostumbrada a dormir en la oscuridad.

¿La ventana más grande de la cabaña?

¿Por eso todo en la habitación olía a ella? Se estaba quedando en su habitación sin saberlo. Probablemente por eso también estaba usando una de sus camisas. Eso iba a ser un problema. Significaba que las otras habitaciones estaban ocupadas y él, desde luego, no iba a dormir en el sofá.

Quizá entonces no fuera un problema tan grave.

Luego estaba el hecho de que no había nadie más en la habitación cuando él llegó.

¿Había venido sola? ¿Dónde estaba su novio?

—Mañana iré al supermercado a comprar cosas para llenar el refrigerador. Me temo que lo que ves ahora es todo lo que hay, princesa.

Hacía mucho tiempo que no oía esa palabra salir de su boca. Le hacía increíblemente feliz que él la llamara así.

—Me temía que dirías eso.

Beth se recostó contra la isla. Demasiado cerca para el autocontrol de Evan.

—Bueno… ¿cómo has estado?—, logró preguntar Evan.

Le ponía nervioso lo mucho que tardaba ella en responder.

—He estado… bien, supongo.

—¿Todo bien con tu… nueva relación?

Evan empezó a juguetear con el interior de sus bolsillos.

—¿Qué nueva relación?—, ella arqueó una ceja.

—Ya sabes. El chico con el que sales.

Ella lo miró con el rostro fruncido.

—Evan… no estoy saliendo con nadie.

Evan luchó con todas sus fuerzas por contener las ganas de sonreír. No le importaba si ella mentía o decía la verdad. En cualquier caso, eso le daba permiso para volver a acercarse a ella.

—Es solo que te he visto con—

—¡Ah! ¿Te refieres a Dustin? —Ella soltó una risa burlona.

—Es el exnovio de Brittney. Está obsesionado con recuperarla y no me ha dejado en paz en los últimos meses. Creía que yo podría convencerla de que volviera con él. Y tenía razón, ahora mismo está con él arriba.

Bingo.

—Oh. Entonces, te pido disculpas por eso.

Ella lo miró fijamente a los ojos tratando de entender la repentina pregunta.

—Espera. ¿Estabas... celoso?

—Sí, lo estaba... Espera, ¿qué?

—Te pregunté si te ponía celoso verme con Dustin.

Le pareció una trampa. De repente, una estela de agujas apareció ante Evan y se encontró descalzo.

—Lo... admito. Hubo momentos en los que sentí... ganas de estrellarle la cabeza contra la pared. Sí.

—Así que *si* estabas celoso—, afirmó ella, de pie frente a él con una sonrisa condescendiente.

Él se inclinó peligrosamente cerca de sus labios. Inclinando ligeramente la cabeza hacia un lado, devoró su boca con la mirada.

—¿Y qué si lo estaba?—, le susurró.

La mente de Beth se quedó en blanco. Ni un solo pensamiento vagaba por su cabeza. El aroma de su perfume la golpeó como mil ladrillos. Cada fibra de su cuerpo lo llamaba. Entonces, por puro impulso, lo besó.

En cuestión de segundos, sus manos le sujetaron firmemente la cara. Sus labios se unieron en un beso ardiente y apasionado. Las lenguas se entrelazaban. La respiración se aceleraba.

Quizás fuera por costumbre o simplemente por lo mucho que lo deseaba, pero Beth no perdió tiempo y deslizó la mano por el agujero de su pijama y descubrió que no llevaba ropa interior. Él siseó brevemente antes de volver a besarla. Ella sonrió en su boca y una risa entrecortada se le escapó por la nariz.

—Lo sabía—, se burló ella.

Su respiración se entrecortó cuando los dedos de ella acariciaron suavemente su tierna carne. Sus labios se separaron con jadeos cortos. Él se apoyó en sus caderas enterrando los dedos al sentir su repentina intrusión. Esto era algo con lo que Beth había fantaseado durante meses, e iba a aprovecharlo al máximo. Sacó su erección de la pijama a través del agujero y comenzó a acariciarla suavemente.

Él enterró la cara en su cuello, clavándole los dedos en los hombros. Ella sabía el efecto que estaba teniendo en él en ese momento y eso la excitaba.

Beth se deslizó hacia abajo con los ojos fijos en los de él, se arrodilló ante él y agarró con firmeza su erección, rozando la cabeza contra sus labios. Justo antes de metérselo en la boca, oyó un jadeo entrecortado que le provocó una sacudida en el coño.

Le encantaba hacerle perder el control. Antes era divertido, pero ahora era sensual y excitante.

Deslizó la lengua desde la base hasta la punta, deteniéndose para chupar y besar suavemente la cabeza. Levantó la mirada y vio a Evan con la cabeza echada hacia atrás. Una de sus manos encontró la parte posterior de su cabeza, la otra le acarició el cabello, agarrándolo con fuerza.

Ella chupó justo en la longitud que sabía que lo volvía loco. Un profundo gemido gutural escapó de su garganta. Ahora tenía ambas manos en su cabeza, empujando su gruesa polla más profundamente en su boca. A ella le encantaba tenerla toda, llenándole la parte posterior de la garganta.

—¿Te gusta cómo sabe en tu boca? —gruñó él, enredando los dedos en la nuca de ella, tirando suavemente y empujando con la misma lentitud y tortura.

¡Dios, sí!

A Beth le encantaba cada centímetro de él. No respondió, lo tomó hasta el fondo de su garganta. Presionando su lengua entre la base de su pene y sus testículos.

Eso le hizo echar la cabeza hacia atrás, entrelazando con más fuerza los dedos entre los mechones de su puño. Empujó las caderas hacia adelante, introduciéndose aún más profundamente en su cálida boca. El gemido gutural y primitivo que escapó de su pecho recorrió el cuerpo de Beth como una descarga. Se alegró de no llevar ropa interior en ese momento, porque se habría arruinado de forma devastadora. Cada sonido que él emitía vibraba a través de su cuerpo, haciéndola humedecerse. Evan echó la cabeza hacia atrás y la miró fijamente a los ojos.

—Eres una visión, tan bonita con mi pene en tu boca —logró decir entre jadeos.

La necesidad en su voz excitó a Beth hasta el punto de hacerla tocarse.

Evan la agarró por la mandíbula y sacó su pene de su boca. Ella casi gimió ante el repentino vacío en sus mejillas.

—Levántate, princesa, no voy a desperdiciar mi semen en tu boca. Quiero vaciarlo todo dentro de ti.

Dejó caer su pijama al suelo. Luego pasó ambos brazos por detrás de las rodillas de ella y la levantó en el aire. Ella instintivamente rodeó su cuello con los brazos. Evan le quitó el aliento a Beth con un beso tan salvaje que sus rodillas se habrían debilitado si no estuvieran ya en el aire, sostenidas por los antebrazos de él.

—No sabes cuánto tiempo he esperado esto—, le susurró al oído.

Con una rápida y profunda embestida, se hundió en lo más profundo de su húmedo y resbaladizo coño. Ella abrió la boca para gemir, pero Evan la besó, amortiguando el sonido de sus gemidos.

—Silencio, princesa. Vas a despertar a los demás—, le susurró al oído.

Sus dedos se hundieron profundamente en su trasero mientras sus embestidas se volvían más rápidas y fuertes. Los sonidos de sus carnes golpeándose llenaron la cocina. Beth le agarró el cabello con fuerza, obligándolo a echar la cabeza hacia atrás. La presión repentina volvió loco a Evan. Sus gemidos se convirtieron en gruñidos mientras entraba y salía de su cremoso y húmedo coño.

Beth enterró la cara en su cuello, ahogando sus propios gritos.

—Me recibes tan bien—, gimió él. —Buena chica.

El elogio en esas últimas palabras gruñidas la impactó profundamente. Su interior sujetaba con fuerza asesina su polla gruesa y dura. Él movió las caderas hasta el ángulo perfecto, golpeando su punto dulce una y otra vez hasta que ella no pudo aguantar más.

Beth cabalgó ola tras ola de placer desenfrenado. No pudo contener sus gritos mientras empapaba su pene.

—¡Sí! Córrete para mí, princesa.

Unas cuantas embestidas rápidas y profundas dejaron las huellas de los dedos de Evan en la piel de Beth. Unos gruñidos roncos y un gemido de 'Carajo' anunciaron su propio orgasmo. Sus piernas temblaban con las últimas embestidas llenándola de semen.

Las jadeantes respiraciones entrecortadas y el sudor de sus cuerpos llenaron a Beth de una satisfacción que no sabía que anhelaba.

Evan colocó el cuerpo de ella sobre la encimera de la isla y apoyó ambas manos a cada lado de ella, buscando estabilizarse. Bajó la mirada y soltó una risa entrecortada.

—Mira el desastre que has hecho, princesa.

Ella se rió, recuperando el aliento y aclarando la garganta.

—No lo siento en absoluto.

Su mirada se desplazó a su rostro, sus ojos hambrientos se encontraron con los de ella mientras él también recuperaba el aliento. Evan se levantó el pijama y se rió al verlo. La tela gris claro ahora era un desastre oscuro y empapado.

—Maldición. Y eran los únicos que traje.

—Entonces, la próxima vez no deberías llevar nada puesto.

—¿La próxima vez?—, le susurró al oído.

Ella se rió mientras le rodeaba el cuello con los brazos.

—¿No puedes dar otra vuelta?

Él sonrió en su cuello y le dio un beso suave en la delicada piel.

—Mmm, sí. Pero aquí no, muñeca.

La subió a hombros y la llevó arriba, a su habitación. Beth perdió la cuenta de cuántas veces hicieron el amor esa noche. Pero el dolor en su cuerpo le recordaba que habían sido demasiadas.

CAPÍTULO

Veinticinco

Todos lo pasaron muy bien ese fin de semana. A Beth le resultaría imposible olvidar el olor de los malvaviscos asándose en la hoguera por la noche. Las tardes las pasaban jugando a juegos de mesa y a las charadas. Era agradable y acogedor estar rodeada de amigos.

La cantidad de comida chatarra que comieron en tres días le provocó dolor de estómago durante horas. Por supuesto, eso no fue un obstáculo para los maravillosos días que pasó en la cabaña después.

El lunes, todos habían regresado a casa. Maisie y Marcus habían regresado juntos. Fueron inseparables durante el fin de semana.

Brittney y Dustin también habían regresado juntos. Beth no estaba deseando escuchar las historias que Britt seguramente le contaría. Tenía la costumbre de no omitir nunca los detalles sexuales.

Por último, Derek también había pasado el fin de semana con una chica. Sin embargo, dejaron la cabaña en un tono un tanto triste.

Beth supuso que tal vez habían tenido una pequeña pelea de enamorados durante la última noche que pasaron en la cabaña.

Evan y Beth se quedaron atrás. No quedó ni un solo rincón de la cabaña sin explorar. Cada superficie tenía una huella de su amorío. La chimenea era su recuerdo favorito. Una cálida manta extendida en el suelo, vino y la comodidad de la chimenea permanecerían en su mente y en su cuerpo durante años.

Para Año Nuevo, los padres de Evan invitaron a Beth a volver a la cabaña. Todos los miembros de su familia estaban allí, excepto su hermano. Evan nunca había hablado mucho de él hasta ese mismo día. Chance era su hermano mayor y, al parecer, se había distanciado de su familia tras una discusión sobre su "carrera". Pero Beth no indagó mucho más al respecto.

Los papás de Evan estaban encantados con ella. Especialmente su mamá, que la trataba como a la hija que nunca tuvo. Un poco demasiado para el gusto de Beth. No era muy dada a los abrazos, pero la mamá de Evan era muy cariñosa físicamente, como descubrió por las malas.

Tíos, tías y primos se reunieron ese día en la cabaña. Los colchones inflables esparcidos por el piso decoraban la enorme sala de estar. Los niños corrían por todos lados y los adultos disfrutaban del momento. Para Beth era un sueño hecho realidad.

Aunque apenas habían hablado del tema, Evan la había presentado como su novia a todos los miembros de la familia a los que saludaba.

Los coloridos fuegos artificiales reflejados en la nieve eran preciosos. Era la primera vez que experimentaba lo que se sentía al formar parte de una familia grande y feliz. Lo único que sabía era que no le importaría que el resto de su vida fuera así.

EPÍLOGO

La graduación había tenido lugar unas semanas antes de que el padre de Evan tuviera unos pequeños problemas de salud. Evan se había ofrecido a cuidar de la tienda por él hasta que se recuperara. Durante ese tiempo, le había gustado mucho gestionar la franquicia de su padre. Incluso pensó en pedirle a su padre que le dejara hacerse cargo para que pudiese jubilarse antes. Pasar los días con su madre en la cabaña.

No era lo único que hacía Evan. Su título le había ayudado a ponerse en contacto con galerías de arte de otras ciudades. De vez en cuando vendía sus cuadros, algunos de los cuales incluso se exponían.

Beth había conseguido un trabajo como asistente de un contador en su ciudad natal. La mayoría de los días, trabajaba a distancia, lo cual era increíble. El sueldo también era muy bueno.

El verano se volvió caluroso, pero las tardes eran mucho más frescas y hermosas. Evan finalmente consiguió esa cita en la playa que siempre había planeado. Primero, un chapuzón en el agua, luego un paseo por la orilla recogiendo conchas marinas. Cuando se puso el sol, jugaron en el agua con los pies descalzos, deteniéndose para ver cómo se escondía el sol.

Evan contempló la belleza que irradiaba la mujer que tenía a su lado. La idea de que nunca estaría más enamorado de ella que en ese preciso momento se apoderó de su mente.

—¿Estás tratando de recordar mi rostro para pintarlo más tarde?—, le preguntó ella con una sonrisa coqueta en los labios.

Evan había estado jugando con los dedos dentro de los bolsillos. Pero en ese momento Beth se fijó en el puño que había formado dentro de ellos. Él miró hacia el horizonte y luego se volvió para mirarla con ojos amorosos.

—No creo que vuelva a tener que pintarte nunca más.

—¿Ah, sí? ¿Y por qué?—, le respondió ella con actitud juguetona y sarcástica.

Evan se arrodilló sobre una rodilla. Sonrió al oír el suspiro ahogado que se le escapó a ella detrás de las manos. Sacó una pequeña caja de su bolsillo y reveló el anillo de diamantes más hermoso.

—Porque a partir de hoy, serás lo primero que vea por las mañanas y lo último antes de irme a dormir durante el resto de mi vida. Nunca más tendré la oportunidad de olvidar tu rostro.

—Evan...—, ella apoyó las manos en su pecho.

—Bethany Harper, ¿quieres casarte conmigo?.

Unos meses más tarde...

El viento traía consigo el cálido aroma de los pinos. El sol de Julio daba a las aguas del lago un brillo especial, con diamantes bailando entre las suaves ondas. La cabaña había sido cuidadosamente decorada con crisantemos. Cortinas de gasa blanca caían desde cada viga y barandilla. Filas de sillas de madera se alineaban junto al cenador blanco con vistas al lago. Había sido adornado con rosas y envuelto en hiedra.

Familiares y amigos se reunieron para celebrar la boda. Beth había invitado a su padre, más por obligación que por otra cosa. A pesar de todas las adversidades, él fue el primero de los invitados en llegar. Entre ellos no existía una relación típica entre padre e hija. Él era muy consciente de ello. Pero no era un hombre que fuera a perderse la oportunidad de acompañar a su hija en este nuevo paso en su vida. También había respetado los deseos de su hija y había acudido solo.

Evan estaba de pie en la glorieta. La canción de la novia comenzó a sonar y sus nervios se dispararon. A partir de ese día, formaría su propia familia. Lo que antes era un sueño lejano, ahora era una realidad. En el momento en que posó sus ojos en Bethany, su corazón latía con fuerza en sus oídos. Luchó con todas sus fuerzas contra las lágrimas que le picaban en los ojos, pero algunas lograron escapar.

Su padre entregó a Beth. Le dio un suave beso en la frente antes de sentarse.

Evan se perdió en sus ojos, en la calidez de su radiante sonrisa y en la belleza de lo que ella significaba para él.

—Definitivamente voy a pintar esto—, susurró Evan.

—Tenemos fotógrafos, amor—, le respondió ella en voz baja.

Él le acarició la barbilla con el pulgar.

—Ningún lente podrá capturar jamás lo que eres a través de mis ojos.

El oficiante comenzó la ceremonia. Intercambiaron sus votos. Una promesa de amor ligada a las aguas del lago. El día que Evan pasó sin ver a Beth había sido una tortura. Pero por ese momento, todo había valido la pena. El oficiante los declaró marido y mujer, y el tiempo se detuvo.

Un beso lento y amoroso, lleno de la certeza de que sería para siempre y desde ese día en adelante. Los vítores de la multitud los devolvieron a la realidad. Los aplausos y las lágrimas de felicidad llenaron el patio trasero de la cabaña.

Unas horas más tarde, estaban en un avión rumbo a Puerto Rico. El padre de Beth lo había organizado todo. Era una oportunidad perfecta para que Evan conociera a la familia de ella. Una semana de exploración y de demostrar su amor cada noche.

Dos meses después...

Los de la mudanza tenían todos los muebles listos al final del día. Las cajas llenaban cada rincón de la casa que Evan había comprado a unas cuantas calles de la de sus papás. El único mueble completamente montado era la cama. Era el mueble más importante, según Evan.

Después de un día largo y duro, Beth se dejó caer sobre el colchón más suave que jamás se había fabricado. Estaba a medio dormir cuando unas manos grandes y fuertes la atrajeron hacia un pecho cálido, duro y desnudo.

Evan le dio una lluvia de besos ligeros por toda la cara. Al final, le dio un beso suave, lento y amoroso en los labios. Ella le devolvió el gesto. Su mirada se desplazó entre sus ojos y sus labios. Se inclinó para darle un beso ardiente, atrapándola entre el peso de su cuerpo y el colchón.

Evan le agarró la parte posterior de la rodilla y le pasó la pierna por encima de su cadera. El calor de su tacto sobre su piel desnuda le quemaba el interior. Se humedeció dos dedos con la lengua, chupándolos por completo y cubriéndolos con suficiente saliva como para deslizarlos bajo el dobladillo de sus bragas, sobre su clítoris hinchado. Sonrió contra sus labios cuando se dio cuenta de que ya estaba empapada.

Le quitó la ropa interior sin esfuerzo y volvió a pasarle la pierna por encima de su cadera.

El roce de sus cuerpos desnudos ya había provocado una dura erección entre sus piernas. Esta vez, su pene rozó la húmeda abertura de su vagina. Beth arqueó las caderas, jugando con la punta de la aterciopelada cabeza.

Sin querer perder más tiempo, Evan se hundió profundamente en ella. Los apretados músculos de su vagina lo tragaron desde la punta hasta la base. Encajaba perfectamente, como si ella hubiera sido hecha solo para él. El feroz agarre de su miembro lo impulsó a empujar con un ritmo salvaje. Atornillar la cabecera a la pared fue lo más inteligente que Evan pudo haber hecho.

Sus bocas seguían unidas en un beso apasionado. Solo se detuvieron para respirar cuando la familiar sensación eléctrica de su orgasmo inminente golpeó a Beth. Evan le agarró el trasero, hundiendo los dedos profundamente en su piel. Ella gritó su nombre y los gemidos que siguieron lo llevaron al frenesí. Más rápido, más fuerte, se adentró más profundamente en ella.

Los dulces gemidos de éxtasis de Beth al alcanzar el clímax, combinados con su nombre deslizándose deliciosamente de su boca, llevaron a Evan al límite. Empujones desiguales y un rugido anunciaron su orgasmo. Se aseguró de penetrarla lo más profundamente posible. Nada se derramaría.

Beth acarició con las yemas de los dedos en círculos perezosos el pecho de Evan.

—He visto que hay una habitación extra. ¿Qué hacemos con ella?—, preguntó Beth, con la mejilla apoyada en el bíceps de él.

—Quizás un trastero—, respondió él medio dormido.

—Yo pensaba en algo más parecido a... una guardería, tal vez.

—Una guardería es para bebés, Beth. Nosotros no tenemos bebés—, murmuró, quedándose dormido.

—Bueno, ahora no... pero dentro de unos meses, sí.

Beth esperó su reacción. El profundo movimiento de su pecho indicaba que se había quedado dormido. O eso creía ella. Evan se despertó de golpe y quedo sentado. La miró con los ojos muy abiertos. Ella no pudo evitar reírse.

—Me estás tomando el pelo, ¿verdad?—, balbuceó incrédulo.

Ella sonrió, mordiéndose el labio inferior, y negó con la cabeza.

—¿Estás embarazada? ¿Voy a ser papá?

—Vas a ser papá—, dijo ella riéndose con cada palabra.

Evan le tomó el rostro con emoción y le dio mil besos en los labios.

—Estoy casado con la mujer más hermosa del mundo y voy a ser padre. ¿Cómo podría ser mi vida mejor?

—Yo te lo diré—, dijo ella, levantando la mano y haciendo el gesto del número dos con los dedos.

—¿Gemelos?

Ella asintió con la cabeza.

—¡Dios mío! —Evan saltó de la cama y comenzó a caminar de un lado a otro. —Necesitaremos más espacio, pintura nueva, alfombra, tal vez cambiar las ventanas, las puertas, agregar un armario, comprar cunas, cambiar el—

—¡Evan!

Se detuvo en seco y miró a Beth.

—Ven aquí. —Le dio una palmadita al espacio a su lado.

Evan se arrastró hasta ella y se tumbó sobre su cuerpo. Ella le tomó la mano y la colocó sobre su vientre.

—Una cosa a la vez, amor. Respira.

Él le dio un tierno beso en la mejilla.

—Te amo—, la besó de nuevo y se inclinó, poniendo su cara a la altura del vientre de ella. Le dio un suave beso en la piel. —Yo también te quiero, papá—, dijo, imitando la voz de un niño.

Beth se echó a reír. Sus miradas se cruzaron.

—Yo también te amo, Evan.

Sus narices se rozaron. Por un breve instante, todo estaba bien. Esto era exactamente lo que Evan siempre había soñado y Beth nunca supo que quería. Mientras se tuvieran el uno al otro, el mundo estaría en sus manos.

www.ingramcontent.com/pod-product-compliance
Lightning Source LLC
LaVergne TN
LVHW050628100826
845148LV00011B/1775
* 9 7 8 9 6 9 9 1 9 3 9 1 0 *